U0518536

诗人照片

金子美铃全集 手稿

金子美铃全集

[日] 金子美铃 著

阎先会 译

陕西师范大学出版总社

图书代号： **WX16N1079**

图书在版编目（CIP）数据

金子美铃全集／（日）金子美铃著；阎先会译.—西安：
陕西师范大学出版总社有限公司，2017.3 （2019.6重印）
ISBN 978-7-5613-8903-4

Ⅰ.①金… Ⅱ.①金…②阎… Ⅲ.①诗集—日本—现代
Ⅳ.①I313.25

中国版本图书馆CIP数据核字（2017）第015694号

金子美铃全集
JIN ZI MEI LING QUAN JI

[日]金子美铃 著 阎先会 译

责任编辑	焦　凌
责任校对	彭　燕
插画绘图	瑶背背
特约编辑	小　北　王群超
装帧设计	所以设计馆
出版发行	陕西师范大学出版总社
	（西安市长安南路199号　邮编 710062）
网　址	http://www.snupg.com
经　销	新华书店
印　刷	山东临沂新华印刷物流集团有限责任公司
开　本	787mm×1092mm　1/32
印　张	17.5
插　页	14
字　数	300千
版　次	2017年3月第1版
印　次	2019年6月第2次印刷
书　号	ISBN 978-7-5613-8903-4
定　价	68.00元

读者购书、书店添货或发现印装有问题，请与营销部联系、调换。
电话：（029）85307864　85303629　传真：（029）85303879

序

矢崎节夫（日本儿童文学家、金子美铃纪念馆馆长）

童谣是有韵律的诗，是以通俗的语言写成的诗，从小孩到大人都可一起读的好诗。

金子美铃乃当今日本最广为人知的童谣诗人。这回，金子美铃全部作品经由阎先会先生翻译成了中文，实在大可欢喜。

实则，金子美铃在过去的长达半个多世纪，只在极少数诗人与童谣诗人之间，作为"幻想的童谣诗人"，因其极少的一些作品而被人记起。

我最初在《日本童谣集》（岩波文库）中邂逅她的一首作品《大渔》，尚在一九六六年大学一年级时。

大渔

朝霞破晓而出
满载而归
大翼的沙丁鱼
满载而归

海边热闹如节日

而海里呢

成千上万沙丁鱼

如奔丧礼

　　读到《大渔》时，仿如《日本童谣集》里其他全部作品都消失了。因为一首《大渔》，令人一下子完全找回了在那之前的自己与人世的光芒。于是想要拜读金子美铃更多的作品。

　　与《大渔》的邂逅，使我走上了搜寻金子美铃之路。十六年后的 1982 年 6 月，总算找到了金子美铃的弟弟上山正祐。上山手头珍惜地保存着金子美铃童谣集的三册手稿。其中有五百一十二首作品，几乎都尚未发表。1984 年 2 月，这三册童谣集以《金子美铃全集》之名由 JULA 出版局出版，立刻在文学界引起轰动，从日本本国扩散到了全世界。

　　如今，金子美铃的作品以选集形式被翻译成了十一国语言，且多数已在那些国家出版。那一定不只是我们自己这一边，也是从对方的视角所见、所想、所思，美铃的一首首富于温情的作品，从而跨越国境，提挈读者的内心。

　　金子美铃本名瑛，1903 年 4 月 11 日生于山口县大津郡仙崎村（今长门市仙崎）。仙崎是面向日本海的小渔民民街。金子美铃的家庭由父亲庄之助、母亲美智、祖母梅、兄长坚助五人组成，两年后弟弟正祐出生。瑛三岁时，父亲庄之助去世。失去劳动力的金子家受母亲妹妹富子的婆家在下关的上山文英堂书店的援助，开始在大津郡经营了一爿书店，叫金子文英堂。而弟弟正祐过继给没有后嗣的上山文英堂店主上山松藏，做了养子。

虽然金子家失去了父亲与弟弟，但由于勤劳而温柔的母亲与信仰坚定的祖母，整个家庭还算是快活的。

瑛由濑户崎寻常小学毕业，进了大津郡高等女学校。白皙、圆脸而目光温柔的瑛，在班上谁都对她有好感，成绩亦优秀。

瑛在女学校三年级时，下关的姨母富子去世了。翌年，母亲美智被姨父上山松藏娶为继室，移居下关。1920年3月，她从大津高等女学校毕业，作为兄坚助的帮手，成了金子文英堂的店员。

1918年7月，日本的儿童文学大为发展。这一年，杂志《赤鸟》创刊。翌年，《金星》《童话》等儿童文学杂志逐一诞生。尤其是，北原白秋在《赤鸟》、野口雨情在《金星》、西条八十在《童话》发表各自的童谣，成了童谣投稿的评选人，童谣这一新诗的形式强有力地吸引了日本国内文学少男少女的心。瑛即是其中一人。

1923年，二十岁的瑛搬往母亲所在的下关上山文英堂书店，五月份开始成为位于下关市西之端町商品馆内的上山文英堂支店店员。在这里，瑛开始写童谣。至六月，她以金子美铃为笔名向《童话》《妇人俱乐部》《妇人画报》《金星》四杂志投稿。除《金星》外，其余三杂志的评选者皆为西条八十。

这一年的九月号，四家杂志均选上了金子美铃的作品。尤其在《童话》杂志上，西条八十激励并赞誉道："作为成人作品，金子美铃的《鱼》《变戏法的小木槌》使人心动，整首诗歌都满溢着温暖的人情……希望能继续努力。"

此后，以《童话》为中心，金子美铃发表了九十首作品，瞬间成了令人羡慕的新星，西条八十甚至称赞她为"年轻童谣诗人中的巨星"。

1926 年，她与上山文英堂的店员结婚，诞下一女，但丈夫并不理解她的创作，禁止她写童谣，也禁止她与童谣创作同伴之间通信。从 1928 年夏至秋，她誊清了三册手抄童谣集中的两册，一册交付西条八十，一册托付于弟弟正祐，从此中断了写作。

其后，作为母亲的她，倾心于女儿房枝的成长之中，将三岁女儿房枝的片言只语写在名叫《南京玉》的小笔记本里保留下来。

1930 年，离婚。她的离婚条件只有一个，即取得房枝的抚养权。丈夫曾一度答应了她，但不久即反悔，写信来说："三月十日来带走女儿。"那是个只承认父亲有监护权的时代。

到了那天，她留下遗书说："你能给房枝的，只有金钱，而我想把房枝培养成一个心灵丰富的人。所以还是把她寄养在我母亲那里吧。"就这样，年仅二十六的金子美铃告别了人世。

如今，时间已过了将近九十年，金子美铃的全部作品将以全集形式重新在中国出版。由衷感谢阎先会先生，使这部全集成为日中两国人共同的心灵财富，想必美铃也会很高兴吧。

二〇一六年十月于日本

刘东小北译于北京

目　录

卷一　美丽的小城

卷二　天堂里的妈妈

卷三　寂寞的公主

12

卷一　美丽的小城

纸拉门

房间的纸拉门上，画着一座楼

石头的墙壁洁白美丽
伸向天空十二层
共有房间四十八

一间房子里落着一只苍蝇
其他房间空空的

空空的四十七间房
谁会搬进来住呀
一扇窗子开着
哪个小孩会来偷窥呢

——打开的窗子嘛，是我故意
用手指头戳出的一个小洞

一个人待在家里的时候
我常常眯上一只眼睛
从"窗子"看外边的天空

鱼

大海里的鱼儿，好可怜

稻苗儿栽到水田里生长
牛儿被放牧在草场
金色的鲤鱼在池塘
优哉游哉，有人喂养

可是大海里的鱼儿
从来没有谁照顾
稀里糊涂吃诱饵，一上钩
还把小命搭上

大海里的鱼儿好可怜

云

我想变成
一朵云
一朵轻飘飘的云

白天，在晴空里自在遨游
晚上，陪月亮姐姐
玩捉迷藏

要是乏了，累了
索性变成雨
和雷娃娃一起
跳进池塘

小剧场

用草席搭建起来的
那座小剧场

到昨天
演出已经结束了

舞台的旁边
小牛犊在吃草

用草席搭建起来的
那座小剧场

守望着不远处的大海
海面托着夕阳

用草席搭建起来的
那座小剧场

檐角上落着一只海鸥
火红的晚霞
——映在它的羽毛上

蔬菜店的鸽子

鸽子妈妈和她的
三只小鸽子
飞到蔬菜店的门框上
"咕咕，咕咕"

茄子是紫的
卷心菜白里透着绿呢
草莓是红红的
闪闪发光

要买什么好呢
羽毛雪白的鸽子
在蔬菜店的门框上
"咕咕，咕咕"
正交头接耳商量着呢

天空的尽头

天空的尽头有什么

雷哥哥不知道
云姐姐不知道
太阳公公也不知道

高高的山和远远的海
似曾听说过
在天空的尽头
人像鸟儿一样会飞起来
那里是魔法国

乐队

演电影的宣传乐队
渐渐地走近了

转过脸看看妈妈
妈妈低着头，做针线活儿呢

演电影的宣传乐队
已经走到院子外边了

向妈妈说声"失礼啦"
或是，偷偷地跑出去吧

演电影的宣传乐队
渐渐地，终于走远了

变戏法的小木槌

要是有一把
能变戏法的小木槌
我要变什么呢

羊羹、蛋糕、甜豆沙
和姐姐一模一样的手表
当然不只是这些
我还要一只聪明的鹦鹉
每天和我说话
我还要一个戴红帽的小木偶
每天给我跳舞

当然，还不只这些
我要把童话里的一寸法师
那个可怜的小矮人儿
变成高高的大男孩
他该多高兴啊

女儿节

三月的女儿节到了
可我却没有收到礼物

邻居家的新玩偶多漂亮啊
可它们不是属于我的

我和我的旧玩偶
一起吃菱角吧

长瘤子

——民间故事之一

好心眼儿的老爷爷，脸上没有瘤子
好像有点寂寞
坏心眼儿的老爷爷，脸上两个瘤子
每天伤心地哭

好心眼儿的老爷爷来探病说
我的瘤子长在了你脸上呀
哎呀，哎呀，好可怜
和我一起玩去吧

从山那边走过来两个人
好心眼儿的老爷爷脸上一个瘤子
坏心眼儿的老爷爷脸上一个瘤子
他们呵呵呵呵笑着呢

《竹取物语》里的女孩

——民间故事之二

从竹子里
长出来的小女孩
回到月亮的故乡

每天晚上
月亮里的小女孩
看着下面的世界
伤心地哭泣

小女孩因为想家而哭泣
糊涂的人们
觉得她可怜而哭泣

小女孩在月亮上
每晚每晚哭泣着
下面的世界
飞快变化

小女孩的爷爷和奶奶
都死了
糊涂的人们
把月亮上的小女孩忘了

一寸法师

——民间故事之三

一寸法师变样了
一寸法师当大官了

一寸法师骑着马
率领着队伍
风风光光回老家

爸爸妈妈真高兴
爸爸用火柴盒做了一顶轿子
妈妈请来田野的十二个仓鼠当轿夫
急急火火去村口迎接
村里可热闹了
大家在议论谁来啦

一寸法师变样了
一寸法师当大官啦

大海里的龙宫

——民间故事之四

大海里的龙宫
是用翡翠做的
蓝色的宫殿发出月亮一样的光
小龙女坐在幽深的宫殿里
一整天都望着大海发呆

浦岛太郎已经
离开了龙宫
浦岛太郎已经
回到陆地上——

海底的世界，静静的时光
红色的海藻，随着波浪曼舞
淡紫色的影子，忽短忽长

世上一百年过去了
小龙女还在龙宫里
寂寞地守望着

麻雀的家

——民间故事之五

麻雀的家里春天来了
房檐上小草长出来了

刚刚孵出来的小麻雀
都还不会说话
它们睡在暖暖的窝里
除了张嘴吃饭
就是吵着找妈妈爸爸

雀爸爸好可怜呀
他已经买好了踏青穿的和服

雀妈妈好可怜呀
她已经做好了赏花吃的寿司卷

但是，一窝小麻雀
睡在窝里，哭着闹着

日月贝

西边的天空
茜草根的颜色
圆圆的，红脸儿的太阳
落进海里

东方的天空
珍珠的颜色
圆圆的，黄脸儿的月亮
隐在云里

黄昏时消失的太阳和
黎明时消失的月亮
在大海的深处
相遇了

某一天
一个渔夫在海边
捡到一个红黄相间的
日月贝

庙会的时候

庙会的花车做好了
海边也搭起来卖冰的店铺

后院里，桃子红了
莲池里的青蛙们好像格外兴奋
学校的考试昨天就结束了
跳舞用的丝带也准备好了

就等着逛庙会了
就等着逛庙会了

雀妈妈

一个小孩儿
捉到一只小雀儿

小孩的妈妈微笑着
看着小孩玩小雀

雀妈妈飞过来
站在屋檐上

雀妈妈，不飞也不叫
静静地看着

月亮和云彩

在天空的原野
正中间
月亮和云彩
偶然相遇了

云彩匆匆忙忙
月亮也匆匆忙忙
躲闪不及
一头撞上

"哎呀，对不起啦"
月亮爬到云彩上
云彩它满不在乎
神态安详

爱哭鼻子的小孩

好像听见有谁说
"爱哭鼻子的小孩
就像讨厌的毛毛虫"

轻轻扭头看一看
樱花树的绿叶子上
正爬着一只毛毛虫

旋转木马的影子投在地上
运动场空空荡荡

远处的教室里
传来风琴的音响

现在，回不回家呢
拈着樱花的叶子，暗暗地想

小小的疑惑

我被家人训斥
就因为
我是个女孩

只有哥哥
是亲生的
我好像是从外边捡来的

我的家
在哪里呀

老母鸡

一只老母鸡
站在荒凉的田野上

她一直在想
那些被卖掉的小鸡仔儿
现在过得怎么样

田野里长满荒草
草丛几棵大葱结了籽儿

白羽毛的老母鸡有点儿脏
她站在荒凉的原野上

夕颜 *

天空里的一颗小星星
悄悄地问葫芦花
你寂寞吗

乳白色的葫芦花
仰着脸，说
我不寂寞呀

天色慢慢变黑了
星星越来越多

葫芦花伤心了
默默地把头垂下

---

* 夕颜，即葫芦花。——译者注

箱子的家

箱子的家建好啦

它们不是放肥皂的盒子
也不是盛点心的小匣
那是我的家

前边有白石的大门
后边有美丽的花圃
家中房屋十一间
又宽敞又气派

后来，我搬进新家
成为可爱的小公主

后来，美丽的房屋
被拆了
乱七八糟，堆成废墟
我还想擦擦房间的柱子呢

栗子

栗子，栗子
什么时候落下来呀

我想要一颗栗子
可不可以自己摘呀
要是摘了
栗子树会不高兴吗

栗子，栗子
快点落下来吧
我是一个诚实的孩子
耐心地等你
在树下

肉刺儿

吸也好，舔也罢，还是疼
小手指头上，长了一根肉刺儿

想起来了
想起来了
曾经听姐姐说过
"不听话的孩子
手指头上长肉刺儿"

前天，我任性地哭过
昨天，干活儿偷懒了

去给你妈妈道个歉
手指头就不疼啦

庙会过后

庙会结束了
笛子
和太鼓、喇叭们一一告别
说不出来的寂寞

笛子的声响
在深蓝色的夜空
孤独地回荡

深蓝色的夜空
那条天河
此时显得多么明亮

紫云英的田亩

星星点点的花儿开着
紫云英的田亩
就要被犁铧翻耕

目光慈祥的大黑牛
拽着犁铧翻开土地
花儿叶儿
被埋进厚厚的黑土里

天空中云雀在鸣叫
紫云英的田亩
被耕得整整齐齐

濑户的雨

一会儿落，一会儿止
那是天空中的毛毛雨

游过来，游过去
那是濑户内海里摆渡的船

它们相遇在海上
你去那边，沙扬娜拉
我去这边，沙扬娜拉
潮汐打着卷儿
哗啦，哗啦

游过来，游过去
那是濑户内海里摆渡的船

一会儿落，一会儿止
那是天空中的毛毛雨

内海外海

内海，哗啦哗啦
外海，轰隆轰隆

内海像沙子的平原
外海像碎石的荒野

内海是浅淡的绿色
外海是深沉的蓝色

内海是女孩
外海是男孩

在内海和外海的汇合处
潮汐打着旋儿

大海的孩子

大海的孩子找到了
它在高高的礁石上
呵呵呵呵笑着呢

海螺的孩子找到了
它和大海的孩子
做着伴儿呢

大海的孩子很调皮
海螺的孩子很可爱

编麦秆儿的孩子的歌

我编的麦秆儿帽子
会变成什么样呢

它被染上普鲁士蓝
系上红色的丝带
摆到遥远都市的
橱窗里，被明亮的灯光照着
要不了多久
一个可爱的小女孩
就把它戴在头上

我真想去遥远的都市看看

桂花

桂花的香气
弥漫在庭院里

外边的风
徘徊在门口

进去吗？回去吧
拿不定主意

睫毛上的虹

擦呀擦
伤心的眼泪
哗哗哗
一边哭一边想

——我是一个
被抱养的孩子吧

眼睫毛的栏杆上
挂起一道彩虹
一边看一边想

——今天的小零食
都有什么好吃的呢

洋灯

乡下的庙会
结束得早
秋日的黄昏
特别短

抬神轿的队伍
渐渐走散了
洋灯的光
忽明忽暗

村外的田野里
不知什么时候
小虫子的欢声
响起一片

捡橡子

一个小女孩
上山捡橡子

捡来的橡子
放哪儿呀
放进帽子里
帽子盛满了
放进围裙里
围裙盛满了
高高兴兴下山去

山路很滑
小女孩害怕
丢掉帽子里的橡子吧
山下的田野
开着美丽的花
小女孩只顾采花
围裙里的橡子也不要啦

初秋

凉凉的秋风吹过来

如果在乡下
这时候能看见
大海上飞出晚霞
一头黑牛，被牵着回家

水色的天空中
几只乌鸦，打着招呼
归巢了

菜地里的茄子，被摘了吧
稻穗开出白色的花儿

这里只有房屋、尘土和天空
待在城里真寂寞啊

蟋蟀

一只蟋蟀
断了一条腿

欺负它的猫
怎么能忍心

秋天的阳光
白晃晃

一只蟋蟀
断了一条腿

偷懒的座钟

房间里的座钟
暗暗地想
今天是假日，天气暖洋洋
男主人不去上班
孩子们也不上课
大家都休息

只有我自己
嘎达嘎达地转
多没意思啊
索性打个盹儿，睡一会儿午觉

女主人走过来
咯噔咯噔，上发条
偷懒的座钟睁开眼
嘎达嘎达转起来

沙子王国

现在的我
是沙子王国的国王

高山，峡谷，河流与平原
由我任意地改变

童话故事里的大王们
能让你的山河也屈服吗

现在的我
是一个了不起的
沙子王国的国王

瞎眼睛的马

一匹精疲力竭的马
眼睛瞎了
一个精疲力竭的骑兵
伏在马背上

瞎眼睛的马
驮着打盹儿的骑兵

他们穿过一片荞麦田
又闯进一片红蓼丛
最后撞到一棵朴树上

精疲力竭的马哭着不走了
精疲力竭的骑兵哭着安慰它

草原

如果光着脚
走在沾着露水的草原
我的脚也会染绿
透着青草特有的气息吧

要是这样走着，走着
变成了一株草，随风舞蹈
我的脸也会开成一朵花儿
洋溢着灿烂的微笑吧

白天的烟花

买来线香烟花
的那一天

来不及等到晚上
就躲到小仓库里
把它们点着了

拿在手里的烟花
变成了火的芒草、落叶松
噼里啪啦
一会儿就放完了

空气里只剩下火药味
我的心里好寂寞呀

几座山

小街的后边有一座矮山
矮山的后边有一片村庄
村庄的后边有一座高山
高山后边有什么，我就不知道了

还要翻过多少座高山
才能走进黄金的城堡呢
——如同梦里见到的那样

光的秀发

落下来了，落下来了
站在海滨的沙滩上，看见
又红又大
一个太阳的绒球

亮亮的，亮亮的
金色的细丝
那是光的秀发

编织呀，编织呀
竖的金丝、横的银线
织成一个光闪闪的绒球

七夕的细竹

一只迷途的小鸟
在海滨发现一丛竹子

上面挂满了五彩的小纸条
装扮得好漂亮啊

钻进沙沙作响的竹丛里
小鸟甜甜地睡着了
没多久海潮就把竹丛卷走了

太阳静静地沉入大海
银河和昨天一样明亮

后来天亮了
可怜的小鸟一睁眼
发现自己睡在大海上

带花纹的衣裳

静静的秋日黄昏
穿着一件带花纹的衣裳

裙裾是藏蓝色的山峦
月亮是白色的徽章
在淡蓝色的和服上
大海点缀着粼粼的波光

藏蓝色的群山上　闪闪烁烁的
那是灯火在刺绣呢

静静的秋日黄昏
像一位待嫁的新娘
穿着带花纹的漂亮衣裳

喷水小石龟

寺院的池子里
那口喷泉不再喷水了

一只停止喷水的小石龟
伸着小脑袋
呆呆地看着天空

池水有点混浊
漂着几片伤心的叶子

小骑兵

行军象棋里的小骑兵
成了敌人的俘虏

成了俘虏的小骑兵
想从敌人的手掌里逃生
因为太着急
它从棋盘上掉下来

哎呀，哎呀，不得了啦
快来救我，烫死我了

一只受惊的苍蝇飞过来
看见小骑兵掉进火盆里

火盆里没有火
小骑兵一脸灰

鬼味噌 *

鬼味噌，胆小鬼
窝里横
一到外边玩
就哭着跑回来

鬼味噌，胆小鬼
究竟为什么
偏偏在家里
欺负小妹妹

鬼味噌，胆小鬼
和谁玩呀
鬼味噌
咸面酱

---

*鬼味噌，原是指一种日本传统的咸面酱，也可借以比喻那些外表很凶，
但内心怯懦的人。——译者注

美丽的小城

偶尔会想起来
那座美丽的小城
想起河岸边一排红色的屋顶

碧绿的河面
白色的帆影
静静地，静静地移动着

还有岸边的草地上
一个年轻的叔叔坐着写生
深情的目光
默默地望着河水

那时，我在干什么呢
怎么也想不起来了
只记得那是借来的一册
绘本里的风景啊

魔法手杖

玩具店的老板
正在河边睡午觉
一时半会儿醒不过来

我躲在柳树枝的后边
将手杖轻轻一挥
哈哈，玩具店里的玩具们
一个个都活了

橡皮的鸽子扑棱扑棱扇翅膀
纸扎的老虎发出低低的吼声
……

哈哈，如果真是那样
玩具店的老板
一定是满脸吃惊的样子吧

某一家的钟表

太阳公公爬到半空中
某一家的钟表迟到啦
钟表想，正好晒着太阳，换换心情

乡村里某一家的钟表
一整天
不是打盹儿就是伸懒腰

博多人偶

深夜的街上
一只蟋蟀
躲在垃圾箱里
唧唧叫

玩具店的展示橱窗里
还亮着灯光
博多人偶
隔着窗玻璃
面带忧伤

深夜的街上
一只蟋蟀
躲在垃圾箱里
唧唧叫

忙碌的天空

今夜，天空真忙啊
云彩四下乱跑

奔波的云
裹住了月亮

小云咕噜咕噜地跑
大云气喘吁吁地追
月亮躲躲闪闪，说
别碰着，别碰着

今夜，天空真忙啊
云彩四下乱跑

暖洋洋的秋天

好天气，好天气
河边的柳树梢上
传来伯劳鸟的啼叫

晒干了，晒干了
大田里的朴树架子上
挂着成排的稻穗

拉走了，拉走了
对面的大路上
载着稻穗的马车一辆接一辆

好天气，好天气
伯劳鸟的叫声
传到深不见底的天上

放河灯

昨夜，河面上漂走的
纸灯笼

晃晃悠悠
漂到哪儿啦

向西，向西
一直漂
漂到天和海的尽头

看啊，今天傍晚
西边的天空
烧红了

邮局里的山茶花

真令人怀念呀
那火红的山茶花

真令人怀念呀
常常靠在那里看云的大黑门

兜起白色的小围裙
捡了一堆山茶花的我
把白发的邮递员逗笑了
那样的场景也令人怀念呀

红色的山茶树
被砍伐了

黑色的大木门
被推倒了

散发着油漆味的新邮局
开始营业了

燕子的笔记本

宁静的早晨，沙滩上
放着一册小小的笔记本
红锻子的封面、烫金的文字
里边什么也没写，纸是雪白的

是谁丢的东西
问一问波浪
波浪翻着白眼儿，哗啦哗啦
四处望望
连个脚印儿也没有

想必有南归的一只燕子
在黎明前飞过此地
本来要写旅行日记的
一时疏忽，忘在这里

四月

新的课本
放在新的书包里

新的叶子
开在新的树枝上

新的太阳
升起在新的天空中

新的四月
开始了新的日子

茅草花

茅草花，茅草花
雪白雪白的茅草花

河堤上
拔一根可以吗
茅草花在风里摇摇头，不说话

茅草花，茅草花
雪白雪白的茅草花

乘着傍晚的风
飞起来呀，飞起来呀
飞到天上
变成一朵朵云彩吧

彩纸

天空阴沉沉的
让人感到十分寂寞

昏暗的码头
一群白鸽子在玩耍
真想在它们的小脚丫上
挂上五颜六色的彩纸

要是它们飞起来
天空该有多么美丽啊

半夜里的风

半夜里的风真调皮
吹来吹去不闲着

摇一摇酣睡的大树
树叶在风里哗啦哗啦
做了一个乘小船的梦

挠一挠打盹儿的草坪
小草在风里呼噜呼噜
做了一个荡秋千的梦

半夜里的风玩累了
打了个旋儿，飞向天空

白天的电灯泡

小孩子出去玩了
小孩子的房间很安静
一个电灯泡
显得孤零零

外边多冷啊
电灯泡自言自语
太阳光照进来
窗子很明亮

一只苍蝇
停在电灯泡上
睡着了
白天的电灯泡
心中空荡荡

被遗忘的歌谣

长满绿草的山坡上
野蔷薇的花儿开着

一来到这里就想起那首歌
比梦还遥远，令人怀念
那是一首摇篮曲
总是被妈妈唱起

啊，唱起这首歌
仿佛眼前打开一扇透明的窗
让我看见，往日的
妈妈的模样

野蔷薇的花儿依旧开着
我又来到这山坡上

"银色的帆儿，金色的桨"
前一句是什么，想不起来了
后一句是什么，也想不起来了

天空的颜色

大海，大海，为什么是蓝色的
因为天空映在海水里

天空阴郁的时候
大海也是灰色的

晚霞，晚霞，为什么是红色的
那是夕阳染红的

但是，正午的太阳呢
不是蓝色的，为什么

天空，天空，却是蓝色的

树

花儿谢了
果子成熟

果子摘走了
叶子飘落

然后，芽儿萌发
花儿开了

不知道轮回多少遍
一棵树
成材了

闹别扭的时候

因为和别人闹别扭
我故意躲在这里

为什么谁都不来找我
真的不来找我吗

远处的露天电影开演了
隐隐听见音乐声

忍不住想哭啦

海鸟

每天每天冲向沙滩
翻来覆去的波涛啊

现在涌上来的波涛
是从哪里来的

刚才退下去的波涛
又要去哪里

浮在波涛上的海鸟
你应该知道

如果海鸟告诉了我
我就带它去庙会看热闹

扑克牌的女王

庙会过后的
那天晚上
玩扑克牌的时候
丢了一张尊贵的女王

好多天过去啦
扫地时，在地板下
竟找到了那张女王

她浑身沾满泥巴
面带忧伤，连头发也白了
成了一个"欧巴桑"*

*"欧巴桑"，即日语"老太婆"的意思。——译者注

渔夫叔叔

渔夫叔叔
请带上我出海吧

我真想去大海的尽头
看一看美丽的云霞
从海面涌出来的地方

作为感谢
我把新买的玩具送给你啦
再加上一条可爱的小鲸鱼

渔夫叔叔
请带上我出海吧

吊丧的日子

每次，看到别人家有丧事
院子里装饰着花圈和彩旗
我就暗暗地想
要是我们家也有丧事多好呀

今天的丧事，真无聊啊
院子里人来人往
谁都没有笑脸，也不怎么说话

从城里来的姑妈
眼睛都哭肿了
没有人批评我
可是，总感到特别害怕

像一道白烟
举着花圈和彩旗的队列
从家里飘走了
后来，院子更寂寞了
后来，心也更寂寞了

大渔

天际洒满霞光
渔船丰收归港
大翅子的沙丁鱼
盛满舱

海边
像过节一样
可是，在大海里
数不清的
沙丁鱼
哭哭啼啼去奔丧

年和月亮

月亮
为什么瘦下来了

看起来
像门松 * 上的叶子

就要过年啦

---

*日本的传统风俗，在过年的时候，门口要摆上一棵用松枝和竹筒组合起来的树，叫"门松"。——译者注

秋天的消息

大山给村庄的信说——
柿子红了，栗子落了
斑鸠和白头翁比赛唱歌
山里像庙会一样热闹

村庄给大山的信说——
燕子回到南方去了
柳树的叶子落下来了
天气凉了，有点儿寂寞

捉迷藏

自己藏起来
总是被人找到

别人藏起来
自己总是找不到

天黑啦
想家啦

山岭

晚风
呼啦呼啦
吹着一片玉米地

皎洁的
月亮
悄悄地爬上山岭

山岭上
无精打采地
走着一匹困倦的马

登山
登山
山上一片玉米地

白昼的月亮

白昼的月亮
像肥皂泡似的
风一吹
就破了

此时，在遥远的国度
应该是夜晚吧
一队旅人
正走在茫茫的戈壁上

白昼的月亮
快去吧
到戈壁的天空
为旅人们指引方向

我的故乡

妈妈的故乡
在山的那一边
开着无数桃花的村庄

姐姐的故乡
在海的那一边
飞着许多海鸥的小岛上

我的故乡在哪儿呢
我还不知道
只能胡乱猜想

骨牌

暖炉的案子上
放着几个蜜柑
旁边坐着奶奶
奶奶戴着老花镜
镜片，一闪一闪的微光

榻榻米上
散落着几个骨牌
光溜溜的小脑袋
一张、两张，一共三张

玻璃窗的外边
是静悄悄的暗夜
偶尔落下来几粒霰雪
噼啪、噼啪地轻响

小镇上的马

山里来的马
站在酒肆的后边
小镇上来的马
站在鱼店的前边

山里来的马
急急忙忙
卸下身上的货物
就回到山里去

小镇上来的马
可怜兮兮
驮了一身沉重的咸鱼
还要到更远的小镇去

小镇上来的马
还站在那里
正被主人骂着、拽着

月亮的小舟

天上堆满了卷积云
像一层层波涛
在天的荒海里翻滚

从佐渡[*]返回
一叶银的小舟
在波涛里时隐时现

黄金的橹被卷走了
无人驾驶的小舟
何时回到故乡呀

时隐时现，一叶银的小舟
在天的荒海上
四处飘荡

---

[*]佐渡，本州岛以西日本海中岛屿。面积 857 平方公里，旧佐渡国，现属新潟县。——译者注

编故事

美丽的原野的尽头
一片银光闪闪的湖水
岸边的一座宫殿里
坐着一个小小的女王
（这里是施了魔法的湖
小小的女王就是我）
女王身后站着一群宫娥
（她们也是被施了魔法的
我的同学呀）
女王的前边站着一个大胡子的总管
（其实，他是被施了魔法的
我的私塾先生呀）
黄金的大钟响起来
女王的午餐开始了
她用花瓣的勺子
品尝着月季花酿的蜜
……

要是我编出这样的故事来
大人们一定会笑话我吧
——心里有点说不出的寂寞呀

摔倒的地方

想不起来是哪一次
在回家的路上摔倒了
我坐在地上哭泣

当时看到我哭泣的小阿姨
怎么这么巧
今天就在店里遇到了

桃太郎 *，桃太郎
请借给我你的隐身衣

---

*桃太郎，是日本童话故事里的人物，故事讲的是一个从桃子里长出
来的小孩，智勇双全，打败恶鬼，为民除害。他的法宝之一，就是一
件隐身衣。——译者注

卖梦

新年第一天
我要去卖正月里的
初梦

装载宝物的船
像小山一样高
上面堆满了
正月里的好梦

我当然忘不了去遥远的乡下
找到那些寂寞的孩子
悄悄地，把好梦
送给他们

漂浮岛

我渴望拥有一座岛

一座小小的漂浮岛
在波浪里轻摇

岛上开满了鲜花
鲜花丛中有我的小小的家

它被碧绿的海水环绕着
自在地浮游

看够了海上的景色
一头扎进海水里

我的小岛会潜水
跑到海底做游戏

我渴望拥有一座
那样的小岛

大文字

用寺庙里
最大的毛笔
请谁来写几个大字吧

在东方的天空
使着劲儿写上
"儿童王国"

让刚好出来的月亮
大吃一惊
吓得打了个嗝儿

弹子球

天上满满的小星星
真漂亮，真漂亮
它们在玩弹子球呢

啪的一声
弹子球撒了一片
去捡哪一个呢

那个星星
弹一下，打中了
这个星星
弹一下，跑远了

弹一颗又一颗
满天都是
数不清

树叶的小船

有一只黑蚂蚁探险家
驾着树叶的小船要出发

绿色的小船已经起航
向着大海的远方

听说那儿有一座仙岛
岛上有糖的山，蜜的河

那里没有暴雨和食蚁兽
那里是每一只小蚂蚁
常常梦见的天堂

一只孤独的黑蚂蚁
驾着绿色的小船
驶向大海的远方

松果

海边的小松树上
一粒浪漫的松果
因为渴望大海的远方
从树上落下来
躲进一艘小船里

虽然乘上了船
却没能去远航

小船在海里捕了一夜的鱼
天亮前，又回到岸上

天人

黄昏时分
独自坐在山坡上
欣赏晚霞的时候
忽然想起某一次
去神社里参拜
一抬头，看见
昏暗的格子窗里
慈眉善目的天人
吹着笛子坐在彩云上

我的妈妈，此刻
也在美丽的云彩上吧
她穿着薄薄的轻纱般的衣裳
随着笛声跳舞呢

欣赏晚霞的时候
耳边隐隐地听见了笛声

吵架之后

变成一个人了
变成一个人了
反倒是有些寂寞呀

吵架不怪我
都是那个孩子的错
但是，但是，感到了寂寞

玩偶也是一个人
把它抱在怀里
怎么还是感到寂寞

院子里的枣花
零零星星地飘落
心里更加寂寞

孩子们的钟表

也许没有这样的钟表吧

像城堡一样大的钟表
三里之外就能看清它的数字

大家相聚在钟表的城堡里
推着时针转圈圈
抱着钟摆荡秋千
荡得越高看得越远

早晨，大家一起唱歌
把太阳公公叫醒
晚上，星星多得数不清
我们真高兴啊

故事里的国王

故事里
我们的国王
和随从们走散了

天黑啦
在故事里的森林中
国王遇到一个小火炉

小火炉暖呼呼的
国王的心却凉凉的
森林里下起了雪

没有随从的国王
心里凉凉的
感到好寂寞

杜鹃花

我是一只小蚂蚁
爬到高高的山坡上
发现了杜鹃花的蜜

天空真蓝呀
一望无际

我是一只小蚂蚁
在红杜鹃的花蕊里
吃着甘甜的蜜

没有妈妈的小鸭子

月光
结冰了
枯叶
哗啦哗啦
雪片
从云间落下

月光
结冰了
池塘里的水
也没有波纹了

没有妈妈的小鸭子
卧在冰上
睡觉呢

玻璃

那是某一个下雪天
我把窗户玻璃打碎了

过了很久很久，才想到
破碎的玻璃片还没收拾呢

每次看到一条瘸腿的狗
我就想
它是否曾从我家的窗下走过

忘不了下雪的那一天
破碎的玻璃片埋在雪里

小石子

昨天
磕破一个孩子的脚
今天早上
绊倒了一匹马
明天
谁还会从这里经过

乡间道上的
小石子们
在浅红色的夕阳下
显得若无其事

鸢

鸢在天上懒洋洋地飞
它用翅膀在空中画出一个个圆圈
然后从圆圈里寻找

圆圈罩在海上
水里游着十万沙丁鱼
圆圈罩在陆地
洞里躲着一窝小老鼠

鸢在天上懒洋洋地飞
它用翅膀在空中画出一个个圆圈

人们抬头看到圆圈里
套着一钩弯弯的月亮

月亮升起来了

别说话
别说话
瞧呀
月亮升起来了

山的轮廓
一下子变得清晰了

在天空的深处
在大海的深处

月光
正一点一点地
溶化呢

桑葚

吃着绿色的桑叶
树荫里
蚕蛹的皮肤
变成白色的了

吃着红色的桑葚
阳光下
我的皮肤
变成黑色的了

国王的马

国王的马是木头做的
随从的马是泥巴做的

但是在玩具的故事里
国王的马是金的马
随从的马是银的马

下雨的日子里
榻榻米上变成了玩具的王国
那里的天空依然晴朗
绿色草丛里传来清脆的虫鸣
那是金的铃声

乳汁河

小狗狗，别哭啦
太阳公公下山了

天黑啦
狗妈妈，您在哪儿

普鲁士蓝的夜空中
一条浅浅的
乳汁河
浮出来了

幻灯

仿佛是某个时候
做过的一个梦吧

黎明时分
浮现一张幻灯片似的
淡淡的、神秘的
令人怀念的
宝蓝色的
画面

仿佛是
从时隐时现的
一双眼睛里透出的
似曾相识的
慈祥的
目光

那是某个时候
一个梦里的情景吧

护城河边

在护城河边我们遇到了
她装着不认识似的望着河面

昨天我们俩吵架了
今天觉得有些过意不去

我试着向她抛出一个笑脸
她装着没看见似的望着河面

抛出的笑脸收不回来了
委屈的眼泪忍不住涌出来

我一路小跑离开了
脚下的碎石子咯噔咯噔

红色的小舟

一棵小松树
站在岸边望着大海
我也一个人
站在岸边望着大海

碧蓝的大海
雪白的云朵
红色的小舟
还没有出现

红色的小舟
载着爸爸
乘着小舟的爸爸
总是出现在我的梦里

一棵小松树
站在岸边望着大海
你要站到什么时候啊

做"丧事"的游戏

发丧啦
发丧啦
小竖，你挑经幡
小麻，你扮和尚
我呢，抱着一丛美丽的花
开始啦，敲打木鱼咚咚咚
南无阿弥陀佛

游戏被大人们骂了
大人们都生气了

发丧啦
发丧啦
刚一开始就结束了

神轿

红灯笼
还没有点上
秋天的，庙会的
黄昏

玩累了
回家喽
爸爸总是家里的座上宾
妈妈总是家里最忙的人

天黑了
正觉得有些寂寞
忽然听见抬神轿的欢呼声

就像一阵大风
从后街上吹过

送电报

右边是麦田
左边是麦田
红色的自行车在麦田中间

骑着自行车的
是穿了黑色制服的邮递员

村庄里，静悄悄的
你要去谁家
送什么电报

红色的自行车风风火火
从麦田中间的小路上驶过

眸子

大家的眸子
是魔法的湖呀

橘子树的围墙
和墙外的街道
街道上的车轮和马
还有赶马的车夫
荞麦田、梧桐树
天上的白云
远方的青山
全都变小了
映在黑黑的眸子里

大家的眸子
是魔法的湖呀

花瓣的海洋

院子里的花儿落了
山丘上的花儿落了
全日本的花儿都落了

把所有的花儿收集起来
抛向大海吧
在一个静悄悄的黄昏
乘着红色的小船，划向远方
在美丽花瓣的波涛上
小船轻轻地摇晃

烧荒和蕨菜

大山里的一粒蕨菜籽儿
迷迷糊糊做了一个梦

梦见一群红色翅膀的大鸟
从天空中飞过

大山里的一粒蕨菜籽儿
从梦里醒来，伸了一个懒腰

在春天的黎明
一群可爱的小脑袋
从草灰的土壤里拱出来

转学来的孩子

那个从外地来的学生
是个可爱的孩子
初来乍到
没有一个朋友

课间休息的时候
看见她
孤零零地
靠在一棵樱花树下

那个外地来的学生
操着外地口音
说着我们听不太懂的话

放学的路上
看见她
和一群孩子
有说有笑

神奇的港湾

港湾里一架陈旧的大钟表
走到傍晚六点的时候
时针和分针停顿了一下
然后，开始向左转

腐朽的栈桥上
开出一片血红的花
正午的阳光明晃晃

黑色的海面
平得像镜子一样
海面上泊着几艘古代的船
如同沉默的小山

这样的港湾谁去过
这样的风景在哪里

这是我一个人知道的秘密
它只出现过一次
在梦里

粉雪

纷纷扬扬
一场雪
真白呀

雪花儿
落在松树上
雪被染绿了

我的蚕宝宝

在小小的箱子里
睡着我的蚕宝宝

你的玩具人偶虽然漂亮
却只会站着发呆

我的蚕宝宝会吃嫩嫩的桑叶
发出好听的咀嚼声

不久结出厚厚的茧
抽出银亮亮的丝线

我知道用美丽的丝绸
能做成彩虹一样的衣裳

乖乖吃着桑叶的
是我可爱的蚕宝宝

黄昏

哥哥
吹起口哨 *
我用嘴
咬着袖子

哥哥
马上停止了吹口哨

外边
悄悄地
蒙上了夜幕

---

* 以前，日本的小孩子相信，在夜里吹口哨会把幽灵和恶鬼招来。——
译者注

没有家的鱼

小鸟在枝头筑巢
野兔在草丛里打洞

牛有牛棚
羊有羊圈
蜗牛背着自己的壳

它们都有家呀
夜里可以睡觉呀

可是海里的鱼儿有什么
它没有蜗牛的壳
也没有野兔的爪
不像小鸟自己垒巢儿
不像牛羊被人照料

寒冷的夜里，波涛轰鸣
没有家的鱼
还在游吗

织布

住在山里的女孩儿
坐在织布机前
从早到晚不停地织布
女孩儿想——

织出来的布
送到山外的店铺
被人家买回去
做成美丽的和服

住在山里的女孩儿
坐在织布机前
她好像什么也没想
手里的棉线
一寸一寸，变成了布

沙盘盆景

我搭建的沙盘盆景
谁都不来光顾

天空蓝蓝的
妈妈在店里忙着工作

庙会都结束了
妈妈的工作还在继续

一边听着蝉声
一边把沙盘盆景抹平

海边的石子

海边的石子像宝玉
圆圆的，滑溜溜

捡起一片打水漂
嗖的一声赛飞鱼

海边的石子想唱歌
波浪给它打拍子

一块一块小石子
都是可爱的小孩子

小石子们了不起
把海滩装扮得真美丽

太阳光

太阳的使者
排好队，从天空出发
途中遇见了南风
南风问：出差吗

一个诚实的使者说——
我把太阳的金粉撒向人间
让大家在光明里工作

一个快乐的使者说——
我让花儿们都开放
把世界变得更美丽

一个仁慈的使者说——
为了证明神的存在
我去建一座五彩的拱桥

最后一个使者略显寂寞
他说——
我的任务是寻找一些影子
天不早啦，大家赶路吧

大人的玩具

大人们扛起铁锹
就能去田里种地

大人们撑起木船
就能去海里捕鱼

并且，大人的将军们
能指挥真正的兵队

然而我的兵队
都是不会走路的木偶玩具

我的小船
是纸做的

我的铁锹
仅仅是一把小勺子

想起来真无聊呀
我渴望大人的玩具

蝉的衣裳

妈妈
房后的树上
挂了一件蝉的衣裳

白天太热
蝉把衣裳脱掉
挂在那里飞走了

晚上，天凉了
妈妈
我到哪里
给蝉送衣裳

花店的老爷爷

花店的老爷爷
每天卖花儿

花店的老爷爷
有点寂寞吧
美丽的花儿都卖光啦

花店的老爷爷
天晚了
孤零零地回家

花店的老爷爷
做了一个幸福的梦
梦见那些卖掉的花儿

坏孩子的歌

胆小鬼
没出息
哭着鼻子跑哪儿去

胆小鬼
没出息
我们告诉你妈去

孩子的妈
很生气
冲着我们发脾气

胆小鬼
没出息
你是一个没爹的

草的山坡

在山坡的草丛里
有各种各样快乐的声音

"已经七天没下雨
好渴呀，想喝水"
这是黑土在自言自语

"天空的云真美呀
伸出手来抓一把"
这是小小的蕨菜叶的梦呓

"太阳公公在打招呼呢
我们去参加舞会吧"
"我也去，我也去"
茱萸、野芝和茅萱们
在风里纷纷举手，兴奋不已

鱼儿的春天

嫩嫩的海藻发芽了
海水也变成了绿色

天上已经是春天了吧
一条小飞鱼跃出水面
抬头看了一下

在长出嫩芽的海藻丛中
斑尾鱼的孩子们
正在玩捉迷藏呢

长长的梦

昨天，今天都是梦
去年，前年都是梦

突然从梦中醒来
发现自己变成一个可爱的婴儿
正吃着妈妈的奶

如果真是那样，如果真能那样
我会多么快乐啊

忘不了长长的这个梦
从明天开始
发誓做个乖孩子

魔术师的手掌

从甜瓜里变出瓜公主
从桃子里变出桃太郎

从鸡蛋里变出小鸡
从种子里变出树芽儿

从山的尽头变出云朵
从海的尽头变出太阳

就像从魔术师的手掌里
变出白鸽子一样

我也是从一个神秘的
魔术师的手掌里变出来的

庙会的太鼓

鲜嫩的树叶
影子投在地上
穿着红色的小木屐
踩在影子上，鞋跟儿
咔嗒、咔嗒

浅黄色的天空
空气里传来一阵阵鼓声
咚咚咚……

白净净的街道
一匹参加比赛的马
穿着鲜艳的衣裳，马蹄儿
咔嗒、咔嗒

庙会的次日

昨天抬神轿的欢声
似乎还留在今天的空气里

昨天夜里，在逐渐消失的音乐声中
做了一个听戏的梦

醒来哭着找妈妈的样子
把大家都逗笑了

黄昏，悄悄走出家门
看见后山上明月一轮

邻村的庙会

隔着篱笆望去
一片五颜六色的人群

大家向着东边去了
杂乱的脚步
扬起白色的烟尘

西边空荡荡的大路
出现一辆破旧的马车
还有篱笆墙里的我和
一棵开着白花的木槿

庙会有什么好玩的
我没有跟着去
今天可是一个
暖洋洋的好天气

闭上眼睛，依然听见脚步声
向着东边轰隆隆、轰隆隆

春天的早晨

小麻雀叽叽喳喳
外边是一个好天儿

迷迷糊糊的
我在睡懒觉

上眼皮说，睁开吧
下眼皮说，再等会儿

迷迷糊糊的
我在睡懒觉

雨晴了

最早的发现者
是一朵小小的越年草花
"哎呀，那不是太阳公公吗"

在云彩的暗影里
太阳的眼睛一眨

每一棵树都舒展
每一片叶子都欢悦

"喂，太阳公公
我们等你很久啦"

太阳从云里探出头
笑着，做了一个鬼脸

云的颜色

晚霞消失了
云的颜色
暗了

打完架的孩子
一个人
回来了

看见天边的云
那孩子
忽然哭起来了

睡觉的小船

从岛上来的小船儿
你累了吧
港湾里的波浪是温柔的
舒舒服服地，你睡一觉吧

载着鱼，迎着风浪
从远方的岛上来的小船
你多么辛苦啊

主人回来的时候
捎回去成捆的蔬菜
捎回去成袋的大米

从岛上来的小船儿
在没有装货之前
被温柔的波浪摇着
舒舒服服地，你睡一觉吧

邻家的孩子

手里剥着蚕豆
听见
邻家的孩子
被训斥着

想去看一下
又觉得这样不好吧
握着蚕豆
出去了
又握着蚕豆
回来了

究竟做了什么
淘气的事呀
邻家的孩子
被训斥着

石片儿

石材店里
正在砸石头
一块石片儿飞出来
落到路上的水洼里

光着脚
放学回家的孩子
大家注意啦

水洼里的石片儿
还生着气呢

鱼儿出嫁

海里的鱼儿公主要出嫁了
嫁到对面的小岛上
长长的队列一直排到岸边
好像光闪闪的银带子

岛上的月亮
提着灯笼来迎亲了
多么壮观的队列啊
一场大海里的盛大婚礼

老奶奶的故事

老奶奶再也不能说话了
她讲的故事，我好喜欢

"我已经听过啦"
当我说这句话的时候
老奶奶的神色曾经那么寂寥
老奶奶的目光呆呆的
她的眼睛里
映着山坡上的野菊花

那些故事令人怀念
如果还能再讲一次
五遍、十遍，我都会
静静地、耐心地听完

萤火虫的季节

又到了
捕捉萤火虫的季节

用新鲜的麦秆儿
编一个小小的笼子
沿着一条山路
出发吧

青青的草叶上
沾着晶莹的露珠
赤着小脚丫
轻轻地踏过吧

模仿

——失去父爱的孩子的歌儿

"老爸，老爸
快来教教我呀"
一个有爸爸的孩子
撒娇般地喊着

回家的小路上
"老爸，老爸"
一个失去爸爸的孩子
模仿着别人
羞羞答答地低语着

篱笆墙里
一棵开白花的木槿树
好像在偷听

花的名字

在书本里
有很多花的名字
可我并不认识那些
有了名字的花

城市里楼房很多
街道上来来往往的
是数不清的人和车
城市好像很寂寞

花店的柜子里
有很多美丽的花
我却不知道花的名字叫什么

我去问妈妈
妈妈说，在城里住久了
把花的名字都忘了
妈妈好像很寂寞

于是，我下了决心
抛开书本、皮球和玩具人偶
离开城市，到田野散步

田野里开满鲜花
和花儿交上朋友
就会记住它们的名字啦

乡村的画

我喜欢观赏一幅乡村的画
寂寞的时候
去画中的白色小路上散步

小路的尽头有一间水车
看不见的水车小木屋
里面有一个善良的老爷爷

小木屋的旁边
长着一棵山茱萸
树上结满了红色的果子

远远的山丘下面
有片小小的村落

画中的白色小路
永远是安静的，没人走过
画外的世界
总是忙忙碌碌

画里的乡村
永远那么悠闲
被温暖的阳光照耀着

买果子

没有给妈妈打招呼
我偷偷地去买果子
每次经过果子屋
我都是走过来、走过去
犹豫不决

那个说着京都方言的老板娘
会做很多好看又好吃的果子
"请卖给我一个果子"
白色的硬币
久久握在手心里
汗都握出来了

卖鱼的大婶

卖鱼的大婶
转过脸去吧
现在，我给你插一朵花
一朵美丽的山樱花

大婶呀，你看你的头上
既没有玳瑁的簪子
也没有星星一样的发卡
什么也没有，多遗憾呀

瞧呀，大婶
你的头发上有了
比歌舞伎里贵妇人的头饰
还漂亮的花
山樱在你的发间开了

卖鱼的大婶
转过脸去吧
现在，我给你插上了一朵花
一朵美丽的山樱花

莲花

开花了
结蕊了
在寺庙的池子里
圆圆的莲叶间

开花了
结蕊了
在寺庙的院子里
手拉手的孩子们中间

开花了
结蕊了
在寺庙的外边
大街小巷中间

燕子妈妈

扑棱一声飞出去了
画了一个小小的圆圈
马上飞回来了

扑棱一声飞出去了
画了一道长长的弧线
马上飞回来了

扑棱一声飞出去了
飞到近处的小巷口
马上飞回来了

飞出去，又飞回来
究竟是为什么

留在窝里的
小燕子
总让她舍不得

橡果和孩子

橡果从树上落下来
被染房店的小伙计捡走了

染房店的小伙计被训斥了
说他贪玩，不回家

捡回来的橡果被丢掉了
丢到染房店的后院里

在染房店的小伙计
不知道的时候
被丢弃的橡果发芽了

魔术师

昨天，我下定决心啦
等我长大
就当一个魔术师吧

昨天，我看了魔术师的表演
不眨一眼地看着
他把一只手套变成鸽子
接着，又把鸽子变成了蔷薇花

乡村

我特别想去看看

挂在树上小小的蜜柑
悄悄熟成金黄色

柿子树的花苞躲在叶子下
像一个个吸着奶水的婴儿

还有，麦穗儿在风中摇摆
云雀在山坡上啼叫

我特别想去看看

云雀唱歌应该是春天吧
蜜柑在树上
应该开出什么样的花

只能在画上见到的乡村
画家没有画出来的
应该还有很多很多吧

幸福

穿着粉红色花衣裳的幸福
独自伤心地哭着

夜深了
游荡在城里的
幸福敲了一家的窗户
可是，没有人知道
它的寂寞
在昏暗的灯光下
它看见一个憔悴的母亲和
生病的孩子

伤心的幸福离开了
又去了下一个街道
依然没有一户人家
愿意让它进门

在深夜的小巷里
穿着粉红色花衣裳的幸福
独自伤心地哭着

我和公主

遥远国度里的公主
和我长得一模一样

公主摘一朵
红色月季花的时候
被月季花刺伤了手
死掉了

为了安慰悲伤的老国王
忠心耿耿的大臣决定
寻找一个和公主
一模一样的女孩

大臣骑着白马出发了
马蹄儿嗒嗒、嗒嗒

大臣不知道我在哪里
骑着白马到处寻找
马蹄儿嗒嗒、嗒嗒

我经常听见
马蹄儿嗒嗒、嗒嗒
可是我却不知道
大臣在寻找什么

马戏团的小屋

随着乐队的鼓音
不知不觉来到了
马戏团的小屋前

小屋里的灯光
忽明忽暗
这恰是吃晚饭的时候
妈妈在家里正等着呢

从小屋帐篷的缝隙里看去
一个小演员长得像弟弟
不知为什么，恋恋的
很想再多看他一眼呀

城里的孩子们格外兴奋
牵着妈妈的手走向小屋
而我，两只手扶着栅栏
心里盼着快点儿开演呀

因为妈妈在等着我呢
我却不想回家吃饭啊

大殿前的樱花树

官府的庭院里
一棵八重樱不开花了
官府里的大官
向全城颁布了悬赏令

在长满绿叶的八重樱下
剑术高超的武士说
"不开花，我就砍了你"

擅长舞蹈的舞女说
"欣赏完我的表演
你就笑着开花吧"

神秘兮兮的魔术师说
"牡丹、芍药、芥子花
都在这棵树上开花呀"

诚实的八重樱说话了
"我的花期过去了
诸位不要白费心思啦

我的春天还会来
那个时候，我才开花
开出我自己的花"

老祖母和净琉璃

年迈的老祖母总是
一边做针线活儿，一边讲故事
鹤、千松、中将姬……
他们的故事都是悲剧

讲故事的时候
偶尔会唱一段净琉璃*
一想起来就心痛
忘不了那种哀伤的调子

是因为唱到了苦命的中将姬吧
那时候，大家总是联想到
一个大雪纷飞的夜晚

已经是很遥远的过去
歌词几乎被忘记
只剩下哀伤的调子

如今想起那调子
那飞着雪花的夜晚
就像冰冷的水
浸透在心里

---

*净琉璃，日本一种传统的民间艺术，用三味线伴奏，有说有唱，用
说唱的方式讲述历史和传说。——译者注

帆

划进港湾里的船
挂着破旧的灰色的帆
而远远的海上的船
却是崭新的白色的帆

远远的海面上的船
似乎总也不来港湾
在天空与海的交际线
越走越远，白色的帆
闪闪发光，越走越远

蚊帐

躲在蚊帐里的我们
是被困在网里的鱼儿

不知不觉睡着的时候
被调皮的星星捞走了

半夜里睁开眼
睡在云彩的沙滩上

波涛一晃一晃
蓝色的网
大家都是可怜的鱼

雨后

石松的叶子
爱哭的小孩
抽抽搭搭
哭起来了

向日葵的叶子
笑起来了
脸上的泪痕
已经干了

石松的叶子
还在哭
谁把手绢儿借给它吧

走向大海

爷爷走向大海
爸爸走向大海
哥哥走向大海
他们走到大海的远方

大海的尽头
是一个好地方吧
他们去了
再也没有回来

我也快快长大吧
长大之后
也将走向大海，走向远方

天空的鲤鱼

池塘的鲤鱼呀
为什么跳起来了

难道想游到天空
变成鲤鱼旗

池塘的鲤鱼，别跳了
水底映着天上的瓦块儿云
你正在云里游着呢
你是水里的鲤鱼旗[*]

---

[*] 五月五日是日本的儿童节，儿童节前后，在很多人家的院子里，保留着悬挂鲤鱼旗的习俗，目的是祈愿孩子健康成长。口袋状的旗子上画出鲤鱼的图案，五颜六色在风中飘扬，是初夏里一道动人的风景。
——译者注

晴空

什么也没有的
晴空
像风平浪静的海

很想跃入晴空
快快乐乐地游泳

溅起水花
变成白色的云

柳树和燕子

"别来无恙吧"
河边的一棵柳树
向一只小燕子
轻轻地问

去年，出双入对的燕子
有一只
在南归的旅途中
死掉了

小燕子
什么也不说
忽然离开树梢
向水面飞去

海和海鸥

曾经以为大海是蓝色的
曾经以为海鸥是白色的

但是，今天看到的大海
和海鸥的翅膀都是灰色的

一直都相信的东西
原来是假的

你知道天空是蓝色的
你知道雪是白色的

大家看到的、知道的
有时候，也许是假的

沙扬娜拉

上岸的孩子对海说
下坡的孩子对山说
——沙扬娜拉

船对栈桥说
栈桥对船说
——沙扬娜拉

钟声对寺院的钟说
炊烟对屋顶的烟囱说
——沙扬娜拉

城市对白昼说
夕阳对天空说
——沙扬娜拉

我也说吧
——沙扬娜拉
对今天的我说

雷雨中的出征

洗脸盆小船上
装着玩具刀、木头枪
还有饼干小零食

哎呀，就要出海了
船长就要登船了
途中被金鱼们看见
我是多么威风啊

"推倒那些沙盘盆景，开赴战场吧
暴风雨就要来了
我的船队整装待发"

看不见的东西

在睡着的时候，发生过什么

薄薄的粉红色花瓣
落在地板上
睁开眼睛，花瓣消失了

谁也没见过的东西
谁都觉得那是假的吧

在眨眼的一瞬间，发生过什么

白色的天马张开翅膀
比白翎箭还快一百倍
从晴朗的天空中飞过

谁也没见过的东西
谁都觉得那是假的吧

书和大海

别的小朋友
不如我读的书多

别的小朋友
不像我知道中国和印度的传说

别的小朋友不识字
他们是渔家的孩子，没上学

我在读书时
他们正在大海里玩着

我在读书时
大人们在午休
渔家的孩子都去大海了

此刻，渔家的孩子们
一会儿潜水，一会儿仰泳
像人鱼一样，玩着呢

可是，在翻开的书本里
正是美丽的人鱼国传说

读书没错儿，大海里的游戏也很快活

烟花

绽开啦、绽开啦，烟花
绽开的烟花，像什么
绣球和垂柳

消失啦、消失啦，烟花
消失的烟花，像什么
看不见的国度里神秘的花

赛跑

每次赛跑的时候
总是眼前晃出
深紫的小旗的颜色

在别处的学校运动场
和别处的孩子站一排
在比赛的跑道上，一不留神
摔倒的时候
眼前一闪，就看见了
我们学校旗子的颜色

每次赛跑的时候
总是在眼前闪现
深紫的小旗的颜色

簪子

谁也不知道
我给那个簪子
包上彩色的花纸
偷偷玩耍
妈妈正在厨房里干活
哥哥正在院子里干活

要是谁看过来
我就把簪子
快速地藏起来
太阳已经落山了
月亮还没有升起来……

谁来帮我找找呀
那个簪子上的塑料花
不知什么时候丢掉了
白天也有黑暗的角落
金银草长得多么茂密

谁也不知道
谁也不知道

昨天，庙会上的花车

庙会的第二天
正午的时候
大家都躺在各自
家里，睡午觉

一台寂寞的花车
停在角落里
被人拖走了

装饰用的花和人偶都散落下来了
只剩下一辆寂寞的花车
车轮轧过干燥的路面，咕噜咕噜

默默地目送花车离去
花车和拉车的人
裹在一片尘埃里

卷二　　天堂里的妈妈

茧壳与坟墓

蚕被裹在茧壳里
小小的闷闷的
茧壳

但是乐观的蚕
会变成美丽的蝴蝶
飞出去

人被埋进坟墓里
阴冷的寂寞的
坟墓

但是听话的孩子
会变成带翅膀的天使
飞出去

向着明亮的地方

向着明亮的地方
向着明亮的地方

哪怕是一片叶子
也要伸向洒下阳光的地方
——那灌木丛中的小草啊

向着明亮的地方
向着明亮的地方

即使烤焦了翅膀
也要扑向点起灯火的地方
——那黑夜里的小虫子啊

向着明亮的地方
向着明亮的地方

哪怕是一片小小的空间
也要跑向太阳照耀的地方
——那困在都市的孩子啊

沙漠里的商队

一望无边的沙漠
一条拖着黑色影子
匆匆行走的队列，
他们是沙漠里的
商队，商队
——骆驼也是黑色的
长着六只脚

炎热的沙漠
向南一百里是大海
向北一百里是椰林
——椰子树开着的花儿
是长在海滨的文殊兰

沙子的山，沙子的谷
无边无际的沙漠

匆匆赶路的黑色的队列
他们是沙漠里的
商队，商队

——炎热的沙滩上
一支小小的黑蚂蚁的队列

天空中的河流

天空中的河滩上
全是小石头
密密麻麻地
撒了一片

一条蓝色的河流
静静的
漂着白帆船似的
月牙儿

梦在河里流淌
水面上
星星浮出来了
像竹叶舟一样

蜜蜂与神

蜜蜂在花丛里
花丛在庭院里
庭院在围墙里
围墙在城市里
城市在日本这个国家里
日本这个国家在世界里
世界，在神的怀抱里

那么，那么神在哪里
神在小小的
蜜蜂的
身体里

女孩子

女孩子家
是不能爬树的

疯丫头们
才玩骑竹马
要是打陀螺
就更不像话

我知道的女孩子
就应该是这样的
因为我玩得正高兴时
被大人们训斥过

月亮的歌谣

"月亮快快圆吧"
"月亮还没圆呢"
奶奶教我唱歌的时候
月亮正好和现在的一样

"阴历十三了，月圆到九成"
"月圆到九成，阴历十三了"
现在我正教着弟弟呢
同样是在院子里，拉着弟弟的手

"你年龄还小呀"
"你年龄还小呀"
我现在不唱
看见月亮也想不起歌词了

"月亮快快圆吧"
"月亮还没圆呢"
再也见不到的奶奶
拉着我的手的样子
让我难忘

夜空

大人和草木熟睡的时候
夜空正忙着呢

星星眨着眼
背着幸福的梦
送到人们的枕边
你看那流星
是它们往返穿梭的身影

露姑娘赶在天亮之前
给阳台上的花朵
点缀美丽的珍珠

当然，还有田野上的
草丛，林间的树叶
她驾着银色的马车奔走

花朵和孩子们熟睡的时候
夜空正忙着呢

芝草

它的名字叫芝草
但是从来没人提及

真是有点儿委屈呀
何况天生就长得矮小
甚至被人叫作草皮
坚硬的根须扎进泥里
和地面紧紧贴在一起

紫云英能开红色的花
紫罗兰连叶子都那么美丽
簪子草可以插在头上
山竹子用来做竖笛

可是，如果原野上
只有这些花草
疲劳的时候
我们坐在哪里歇脚

青青的软软的
让我们可以快快乐乐
躺在上面睡觉的
芝草

无人岛

我被冲到一个无人岛
变成可怜的鲁滨孙

孤独地坐在沙滩上
遥望远远的海平面

蓝蓝的海面上氤氲着水汽
连像船一样的云彩也没有

今天依然寂寞又失望
还是回到岩洞里吧

（哎呀，那是谁呀，三五个孩子
穿着游泳衣走出来了）

故事翻过一百页，鲁滨孙
如愿以偿回到了家乡

（爸爸午睡刚醒来，
一个西瓜刚切开）

真高兴啊真高兴，鲁滨孙
快点儿回家吧

牵牛花的蔓

牵牛花爬出
矮矮的院墙
正寻找一个
可以攀附的地方

东找找
西找找
找来找去没依靠

牵牛花
向太阳
一天一寸往上长

牵牛花，快快长
朝着仓库的方向
那里照过来一道阳光

黑麦穗

走进金色的麦丛
寻找黑麦穗
会传染其他麦子的黑麦穗
必须拔掉

沿着小路走到海边
把黑麦穗烧掉吧

长不出麦子的黑麦穗呀
变成一道青烟升到天上去吧

出港进港

进港的船，三艘
不知装的是什么
三角帆挡住了
那三颗星星

出港的船，三艘
不知装的是什么
黑色的帆挡住了
那红色的灯，一个接一个数不清

泥泞

一条小胡同的
泥泞中
有一汪
蓝蓝的天空

遥远的遥远的
清澈而美丽的
天空

一条小胡同的
泥泞
呈现在
湛蓝的天空中

送东西

月亮婆婆
我要出门送货
把人家小女孩的花衣服
紧紧抱在胸前

月亮婆婆
你也在走路吧
要和我去同一个地方吗

月亮婆婆
就算碰到调皮的孩子
我也不害怕
因为我能当妈妈的帮手了
今晚替妈妈去送货

月亮婆婆
我有一件快乐的事要说
下一个满月
过年穿的新衣服
就能做好啦

去年的今天

——大地震纪念日

去年的今天，这个时候
我正玩着积木
积木的城堡，哗啦哗啦
转眼间，倒塌了

去年的今天，黄昏的时候
我站在草坪上
燃烧的房屋，黑烟滚滚
妈妈的眼睛看着呢

去年的今天，黄昏过后
无数的房屋失火了
积木的城堡和刚寄到的洋服
都被烧掉了

去年的今天，夜深了
火光依然，把天空照亮
看着惨白的月亮的时候
我被妈妈抱着呢

衣服都是新买的
家园正在重建
可是，去年今日的妈妈
现在你在哪儿

小点心

妈妈给弟弟两块小点心

我偷偷地藏起来一块
不就是一块小点心吗
这样想着，就把它吃掉了

盯着另一块点心
拿起来，放下
放下，又拿起来

因为弟弟还没回来
我又把它吃掉了

苦涩的小点心
悲伤的小点心

我的山坡

我的山坡呀，沙扬娜拉
拔一片白茅草
朝着蓝天
吹起口笛

山坡上的青草呀
大家快快乐乐地生长吧

我一个人走了
别的孩子还会来这里玩耍

尽管我是一个离群的胆小鬼
可我愿意把你叫作"我的山坡"

永远的"我的山坡"呀
沙扬娜拉

烟花

飞雪的晚上
从枯柳的树影下
撑着伞走过
忽然联想起
夏夜里燃放的
柳条似的烟花

好想见到
好想见到
在大雪中燃放的烟花

飞雪的晚上
从枯柳的树影下
撑着伞走过
仿佛闻到了
很久以前
燃放烟花的火药味道

电影的街道

蓝色的电影里
月亮升起了
街道出现了

屋顶上
卧着
一只黑猫吧

凶恶的
水手
走来了

看完电影
月亮出来了
原来的街道
不认识了

小小牵牛花

初秋的某一天
坐着马车
经过一个村庄

一间草屋
竹子的围墙

围墙下边的
空地上
小小的牵牛花开着

花儿看见我
露出惊讶的模样

那一天
好像很晴朗

蔷薇的根

第一年，开了一朵蔷薇花
红红的，大大的
蔷薇的根在土里想
　"真高兴呀
　　　真高兴呀"

第二年，开了三朵蔷薇花
红红的，大大的
蔷薇的根在土里想
　"又开了
　　　又开了"

第三年，开了七朵蔷薇花
红红的，大大的
蔷薇的根在土里想
　"第一年的花
　　　为什么不开了"

秋

电灯各自亮着
各自的影子呈现着
夜的小城很美丽
就像一块格子布

格子布里的明处
穿着夏季和服的人
三五成群
格子布里的暗处
秋天，悄悄地藏着

船上的家

陪着爸爸的是
妈妈
我
还有哥哥
船上的一家人真快乐呀

货物卸下来
天黑了
船头的桅杆上
挂着几颗明亮的星星
围着暖暖的小火炉
睡在爸爸的怀里听故事

东方泛白的时候
迎着晨风升起帆篷
出了港就是辽阔的海
晨雾散去，小岛浮现
波光里有鱼儿飞跃

午后，起风了
波浪密密层层卷起来
在大海的尽头
霞光出现的时候
大海比花儿还美丽

落日的余晖映红了小船
小船上飘起来炊烟

生活在海上，就像每天在旅行
船上的家真快乐呀

大海的布娃娃

透明的珍珠小球儿
各种各样的贝壳
还有五彩斑斓的珊瑚
这些，人鱼的女儿已经厌倦了

她喜欢上了
船家孩子的
黑眼睛的布娃娃
人鱼的女儿哭着喊：我要我要

宠爱女儿的人鱼妈妈
跳到一艘渔船上
从一个睡着了的孩子身边
偷走了那个布娃娃

人鱼的女儿一看见布娃娃
就想着去岸上的城市玩耍
终于瞒着妈妈，她离家出走了

被偷来的布娃娃
在海藻的柔软的摇篮里
甜甜地睡着
一直做着梦

走进城市的小人鱼
忽然想妈妈了
她忘记了回家的路
站在礁石上
变成一只海鸟悲伤地哭

猎人

我是一名小猎人
大家都夸我枪法准

我的猎枪是杉树枝
子弹是碎木头

我是善良的小猎人
不靠打猎来谋生
别的猎人去打猎
我只对树上的小鸟抖威风

我的子弹打不疼
鸟儿飞跑了，只是受点惊

鸟儿们会怪罪我吧
可我仍然很高兴

我是一名小猎人
大家都夸我枪法准

木头枪，扛在肩
走在山间的小路上

土

一遍一遍
被锄头刨过的土
变成良田
长出麦子

从早到晚
被脚踩过的土
变成大路
让车辆通行

没有被刨的土
没有被踩的土
是没用的土吗

不是，不是
很多没有名字的小草
会在那里快乐地生长

暗夜里的星星

暗夜里
有一颗迷路的小星星
那颗小星星
是个女孩子吧

像我一样的
一个人，寂寞着
那颗小星星
是个女孩子吧

太阳的歌谣

日本的国旗
　　是太阳的旗
日本的孩子
　　是太阳的孩子
孩子们想唱歌
　　唱起太阳的歌儿
在樱花树下
　　在夕阳的霞光里

从日本国里
飘出的歌儿
　　装在船上
　　运到世界各地
美丽的歌儿
　　是太阳的歌儿
在樱花的树下
　　在夕阳的霞光里

海的颜色

早晨的海是闪闪发亮的银色
银光把一切都掩盖了，看不清楚
汽艇的颜色还有帆的颜色
在银光的闪烁中变成灰色

白昼的海是涌动的蓝色的海
蓝让一切都保持原来的样子
漂浮着的草鞋和一片竹叶
还有香蕉皮，都是本来的颜色

夜的海是静静的黑色
黑把一切都隐藏起来
看不见船在哪儿
只看见桅杆上挂着的红灯

广阔的天空

我总想去一个地方
能看见最广阔的天空

在城市里看见的天窄窄的
甚至天河的两侧也是屋顶连着屋顶

我总想去一个地方
能看见天河的尽头

也许到了遥远的海上
才能看到广阔的天空

七夕[*]的时候

风呼啦啦地吹着
听见竹枝上的叶子沙沙地响起

别吵别吵啦，早着呢
夜的星空，一条天河
什么时候才能邮寄到呢

风呼啦啦地吹着
听见海里波浪的叹息

七夕已经过了
牛郎和织女也分开了

刚才路过的海滩上
有棵被丢弃的褪了色的七夕树
披挂一身漂亮的纸条儿

---

[*]七夕，日本的传统节日之一，在阳历的七月七日前后。这一天人们用竹子做成树状，装饰在家中，孩子把自己的心愿写在五彩的纸条儿上，然后挂在竹枝上，进行祈愿。——译者注

海港之夜

阴沉的夜晚
小小的星星在发抖
一颗星星

寒冷的夜晚
船上的灯笼，映在水里晃动
两盏灯笼

寂寞的夜晚
海的眼睛发出幽蓝的光
三只眼睛

撒传单的汽车

撒传单的汽车来了
载着锣鼓的乐队来了

捡传单，红色的
捡传单，黄色的

撒传单的汽车来了
撒传单的汽车，又开走了

红色的传单吹到山坡上
变成紫云英
黄色的传单吹到田间
变成油菜花

春天的汽车
开走了

水马

一个圆圆的水纹，消失了
两个、三个圆圆的水纹消失了

当水面上出现七个圆圆的水纹时
魔法就会像水泡一样消失

被池塘幽灵囚禁起来的
水马，成了现在的样子

昨天、今天，蓝蓝的池水里
映出天上的云影

一个接一个，圆圆的水纹
一个接一个，渐渐消失的水纹

杉树和杉菜

一棵杉树在唱歌
它看见了
山的那边
有一片大海
大海上浮着三片
蝴蝶一样的白帆

一棵杉树在唱歌
它看见了
山的那边
有一个大都市
青铜的猪在喷水

杉树的下边
一株小小的杉菜在唱歌

什么时候
我也能长那么高，看到
山那边的远方

知更鸟的都市

都市来的小姑娘说

住在森林里的知更鸟
风吹树叶沙沙响
多寂寞呀
跟我去都市里玩吧
夜里的灯火像花一样美
电影院里放映着有趣的电影

森林里的知更鸟说

都市来的小姑娘
我的都市怎么样
所有的树木都是家
夜里的星星美如花
风吹树叶沙沙响
那是叶子们在跳舞

夜

夜婆婆好心肠
她给群山、森林
美丽的花草
还有睡在巢里的小鸟
盖上一件黑色的睡袍
为什么不给我盖一件呢

我的睡袍是白色的
是妈妈给我盖上的

风

天空在玩追山羊的游戏
人的眼睛看不见

山羊被追着跑
黄昏来了
它们跑到旷野的尽头
聚成一片羊群

天空在玩追山羊的游戏
人的眼睛看不到

白色的羊群
被落日染红了
远远的
传来清凉的笛声

白百合的岛

只有我一个人知道
在遥远遥远的地方
有一座孤岛

坐在学校的柳树底下
我总是描着孤岛的地图
虽然一擦就没有了
但每次擦掉又重新描

孤岛的中间有一片湖
美丽的宫殿建在湖岸上
宫殿里住着戴金冠的小公主
穿着轻纱绿裙
皮肤像雪一样

岛上开满白色的百合花
百合花的香气弥漫到天上
有船来了，也靠不上岸
因为岸上全是密密的百合花

在青青的柳树下
总是把这样的地图描画

不厌其烦，每次去操场
总是在地上画一座"白百合的岛"

田间的雨

萝卜地里下了一场春雨
雨点儿落在碧绿的叶子上
雨点儿发出嘻嘻的笑声

萝卜地里下了一场春雨
雨点儿从叶子上滑下来
一言不发潜入土里

海的尽头

云从那里涌出来
彩虹从那里长出来

真想乘着小船
到海的尽头

可是太远了
天黑了
就回不了家了

要是像摘红枣那样
在大海的尽头
摘一篮子星星多好呀

电灯的影子

去休假旅行的火车上
有人唱起歌儿来
老师笑了

黄昏来了
隔着玻璃窗看车外
无意间看见一片灯光
就像放烟花一样

在闪烁的烟花里
仿佛看见妈妈的脸庞

旅行回来的火车上
是谁唱起歌儿来了

明亮的家

在长满樱花草的小山坡上
有一处明亮的家

从早到晚，太阳的光
都照着它

粉红色的墙壁上
装饰着彩虹和天使的画

像玩具店一样数不清的玩具
它们的名字叫什么
我全知道
何时建起的这个家
为什么要建它
我也全知道

因为那是我画的家
因为那是我画的家

闹钟的脸

沿街是卖货店
蝙蝠拖着短短的一道黑影
飞过白色的耀眼的路

轻轻回头，那是谁呢
仔细一看
一张白色的脸

闭上眼睛再张开
仔细看看
那是闹钟的脸

一个人留在家，真寂寞
和我面对面的
只有一张闹钟的脸

拉钩儿

牧场的尽头
红红的夕阳静静落下

靠在栅栏上两个影子
一个是城市里来的阔小孩
一个是牧民家里的穷孩子

"明天，一定给我找到呀
长着七枚叶子的三叶草"

"要是那样的话，你要送给我
一个漂亮的喷泉"

"好吧，一定的，拉钩儿"
两个人，钩起了手指头

牧场尽头的草丛暗下来了
红色的夕阳自言自语

"就这样，隐藏在草丛里吧
明天不想出来了"

光着脚

黑黑的泥泞
光着的脚，显得真干净呀

一个不认识的小姐姐
帮我系好木屐的绊子

土地和草

失去妈妈的
草籽们
成千上万
它们都在一片土地上
孕育成长

从土地里长出来的小草
青青的、密密的
盖住了大地

月季花的城

挂满露珠的青草丛中
一条细细的小径
小径的尽头，有月季花的城

风吹过来，花儿轻轻摇动
花的清香夹在风中

住在花丛里的小天使，露出脑袋
还有小小的金色翅膀
正和邻居说话呢

轻轻触摸一下花瓣
天使立刻飞走了
只有风吹着花儿摇摆

在月季花一般的清晨
我来到月季花的城

那一天
我是一只探险的小蚂蚁

桂花灯

房间里红色的灯一亮
玻璃窗外的桂花树丛中
也亮起了
同样的一盏灯

夜里，大家睡着的时候
叶子们和灯成了好朋友
大家有说有笑
还唱起了歌

就像我们一家
吃过晚饭后一样

关上窗子，休息吧
当我们醒着的时候
叶子们就不说话啦

夕颜

在黄昏时分
听不到蝉鸣
一朵
仅仅一朵

紧闭着、紧闭着
仿佛上了锁
一朵
仅仅一朵

哦，此刻
神仙正睡在里边呢

隔扇门上的画

这里是睡眠的森林
坏心眼的仙女正在施魔法
让大家都在森林里睡着了

戴红帽儿的啄木鸟
站在桧树上
大睁着眼睛
啄着树干，睡着了

盛开的樱花树旁边
张开翅膀刚要飞的
两只目白鸟，也睡着了

花睡着，没有飘落
风睡着，没有吹动

这里是睡眠的森林
漫长的醒不过来的森林

太阳和雨

沾着尘土的
草坪
被雨水
洗净了

沾了雨珠的
草坪
被太阳
晒干了

我也这样
躺在地上
看着天空

乖乖地等着

麻雀和芥子

小麻雀
死掉了
芥子花却开得红艳艳

因为芥子花还不知道
我也不忍心告诉它
就悄悄从它身边溜走了

我担心，如果花儿听说
小麻雀死掉了
不久就会枯萎吧

云

好像是
去找什么
云
飘进了山里

在山里
什么也没找到
云
从山里飘出来了

似乎很无聊
从傍晚的天空
云
孤独地飘走了

一个僧人

那是泛着浪花的
河岸边的小路上

轻轻地拉了我的手的
是一个陌生的行脚僧

不知为什么，我在想
这个人是我的爸爸吧

这是很早以前的事啦
日子一去不复返

那时，河岸边的小路上
有一只蟹子飞快地爬过

那时，天边正好挂着
蒲公英一样颜色的满月

海边的花车

汹涌着
波涛、波涛，人的波涛
快要把花车的船打翻了
嗨哟、嗨哟……

一转眼
波涛、波涛，人的波涛
退下去，涌向邻村去了
嗨哟、嗨哟……

后来的波涛，是海边的波涛
和平时一样，涌过来又退回去了
轰隆、轰隆……

日历牌和钟表

因为有了日历牌
常常把日历忘了
看着日历牌
知道是四月了

没有日历牌
也应该知道日历
聪明的花儿
一到四月就绽放

因为有了钟表
往往把时间忘了
看一看钟表
已经是早上了

就算没有钟表
也不会把时间忘掉
聪明的大公鸡
在早上准时啼叫

折纸游戏

干干净净的四角彩纸
拿到手里
在我的十个指头间
首先变成了"虚无僧"*

一瞬间，又变成鱼尾巴
瞧呀，鱼尾巴一甩一甩的

然后，鱼尾巴变成小帆船
准备远航

我的小帆船是连体船
漂到天边也不寂寞

帆船一转眼变成风车
一吹就呼呼地转

风车还能变成狡猾的狐狸

---

*指日本禅宗支派普化宗之徒，又称虚妄僧、荐僧、菰僧、普化僧、暮露等。在日本镰仓时代即有虚无僧之名，应仁（1467～1469）之顷有僧朗庵，人称普化道者，常吹尺八自娱，后住京都妙安寺，其弟子遍及全国。其后，流浪者、亡命之徒亦多从之，宗风一时颇盛。
——译者注

狐狸露出原形
又成了四角彩纸

四角彩纸真有趣呀
十个手指更神奇

空院子里的石头

空院子里的石头
没有了
用它打年糕
多合适呀

石头被一辆马车
拉走了
空院子里的草
很伤心，是吧

金鱼

月亮呼吸的时候
吐出月光
温柔的亲切的月光

花朵呼吸的时候
吐出花香
清新的醉人的花香

鱼呼吸的时候
吐出水泡
圆圆的神奇的水泡

小牛犊

一、二、三、四
在道口，我们数着货车
五、六、七，第八辆
货车上，装着小牛犊

他们把小牛犊骗到货车上
小牛犊不知道要去什么地方
在吹着冷风的道口
我们目送着货车去远方

到了晚上怎么睡觉呢
牛妈妈不在它身旁

小牛犊，去了哪儿啦
小牛犊，究竟去了哪儿啦

被遗忘的人偶

乡村车站的候车室
静悄悄的，夜深了

一个破旧的小人偶
究竟在等哪一班火车

末班车已经开走了
小虫子们在偷偷鸣叫

手拿扫帚的老爷爷
疑惑地盯着小人偶

可怜的小人偶的妈妈
难道去了山那边吗
远处传来山谷的回音

乡村车站的候车室
静悄悄的，夜深了
只有小虫子们
在焦急地鸣叫

巡礼

油菜花盛开的季节
在海滨的街道上遇到的
那个参加巡礼的孩子
为什么不来了

难道是我得罪了她
那个时候，我的零花钱
差不多能买三个纸人偶

她生气了吗
因为我没有买她的纸人偶

暖融融的秋日的街上
大眼睛的红蜻蜓
飞来飞去

两个小箱子

红绢的、紫绸的、白丝棉的
美丽的布头装得满满的
黑的、白的、绿的
好玩的玻璃球装得满满的
　　这些都是我的呀

等到有一天，小哥哥当上船长
这两个箱子
就拜托他啦
　　这些都是我的呀

驶过海路几千里
去小人国的岛上做交易
在返回的甲板上
满载小人国的宝物
　　这些都是我的呀

在明亮的走廊下
我耐心地叠着小布头
哗啦、哗啦
数着玻璃球
　　这些都是我的呀

梦和现实

要是梦成为现实，而现实成为梦
那也不错呀
梦就是梦，变不成现实
那也不错呀

白天过去，依然是夜晚
我还是我，不是公主

月亮用手摘不到
人走不进百合花里

时针只能向右转
而人死不能复生

梦里的事情没有变成现实
那也不错呀
偶尔，现实出现在梦里
那也不错呀

老枫树

十一月的太阳
对院子里的老枫树说
季节已经来了

上了年纪的老枫树
正在闷闷地睡午觉
忘了给叶子染色了

新建的仓库屋檐很高
十一月的太阳，向着院子
只望了一眼就走开了

上了年纪的老枫树
叶子还是绿的
悄悄地，开始落了

星星和蒲公英

碧蓝的天空的深处
有无数的星星
它们就像沉在海底的小石子
天黑之前，看不见踪影
　　纵然看不见，它们也存在着
　　看不见的东西，也是存在的呀

被风吹散的蒲公英
飘落在瓦砾的夹缝中
在春天来临之前，一直沉默着
那些顽强的种子我们看不见
　　纵然看不见，它们也存在着
　　看不见的东西，也是存在的呀

花的精灵

飘落的花
是有佛性的花
每一朵都会重生

花儿是善良的
太阳呼唤它的时候
吧嗒一声就绽开了
露出笑脸
送给蝴蝶甜甜的花粉
送给人们香香的气息

风儿呼唤它的时候
它毫不犹豫地
随风而去
慷慨大方地
把所有花瓣都送给
孩子们做游戏

晨与夜

早晨从哪里来的

从东边的山上
张望了一下
转眼就跑到天上
静静地降临村庄

树荫里、床底下到处都要
看上一眼
在太阳出来之前

夜晚从哪里来的

从树荫里、从床底下
唿的一声涌出来
变成一大片

夕阳沉下去了
夜晚升上云端

麦子的芽儿

百姓们把麦子播种到地里

晚上，霜降下来
早上，霜被太阳抹去
田地里还是光秃秃的

有一天，半夜里，不知是谁
手里拿着竹枝，挥了三下
"孩子们，孩子们，出来吧"

第二天，启明星和百姓们一起
发现麦子的芽儿拱出来了
一大片

彩虹和飞机

城里的人们
看见了彩虹

彩虹的弧线，挂在
暴雨过后的天空
一架飞机
从彩虹的臂弯儿里
飞过去，呼啸一声

我知道，我知道
那是一架好心的飞机
为了让城里的人们看见彩虹
它把彩虹从云中
吸引出来了

两棵草

小小的两粒草籽
是一对好朋友
它们约好
一起出去看世界

但是，一粒拱出了地面
另一粒连影子也没看着
等到后一粒露出芽儿
前一粒已经长高了

长得很高的雁儿草
在秋风里呼啦呼啦地摇摆
向左、向右，不停地张望
寻找小时候的好朋友
它没注意到自己的身子底下
一棵似曾相识的神轿草

树

一只小鸟
落在它的头顶上歇脚
一个孩子
挂在它的枝丫下荡秋千
叶芽儿
嫩嫩的

那棵树
那棵树
多快乐呀

一个接一个

在月光下玩"踩影子"的时候
大人们来催促 "该睡觉了"
（再玩一会儿多好呀）
可是，睡到床上
能做各种各样的美梦

正在做着美梦的时候
被大人们叫醒 "该去上学了"
（没有学校该多好呀）
可是，去了学校
能找到很多好朋友

在操场上玩"夺城堡"的时候
上课的钟声响起来了
（不上课多好呀）
但是，课堂上
老师会讲许多有趣的故事

别的孩子是不是和我一样
也是这么想呢

月亮和强盗

十三个强盗
从北边的山上下来
一支黑色的队伍
要来洗劫村庄

一轮圆圆的月亮
从东边的山上升起
洒下银色的光
覆盖了村庄

黑色的队伍变成
银色的队伍，不知不觉
穿过了银色的村庄

十三个强盗
找不到村庄
也迷失了回家的方向

天空是银色的
世界是银色的
十三个强盗哭了
"咯咯，咯咯"，鸡叫了

淡淡的雪

下雪了
下雪了

一落下来就消失了
为了把道路
变成泥泞
雪不停地下着

雪的哥哥和姐姐
雪的弟弟和妹妹
一个接一个，一个接一个
飘落下来

它们很快乐
跳着舞
为了把道路
变成泥泞

上学的路

去上学的路很长
所以总是想着编故事

在路上会遇到谁呢
一直到学校都在想

不论遇到谁
总要打招呼吧
于是我想到了
太阳和霜
还有变得寂寞的山岗

可是，上学路上
谁都没遇到
故事还没结束
我已经走进学校

茶柜

在茶柜上面
放着马口铁罐子
像童话里的
银壶

听话的时钟
敲三下的时候
从银壶里拿出来的
是好吃的饼干

在茶柜里面
有一只果子盒
昨天从里面拿出来的
是香喷喷的蛋糕

如果没有被施魔法
现在的果子盒
一定是空的吧

小鸟的巢

小鸟，小鸟
用什么筑巢

树叶和稻草

小鸟，小鸟
那些都不好

那用什么筑巢

像你的羽毛一样绿的丝
像你的眼睛一样黑的丝
像你的嘴巴一样红的丝
编呀，编呀
编出一个三色的
丝绸巢

露

谁都不告诉
悄悄地起来吧

早晨的庭院
花儿
躲在角落里
轻轻哭泣

如果这消息
传出去
传到蜜蜂的耳朵里

蜜蜂一定会
像做错了事的孩子
飞回来
还给花儿蜜

绕柱子

大家来玩"绕柱子"
围着校门转，轱辘轱辘
围着大树转，轱辘轱辘
围着草垛转，轱辘轱辘
大家手牵手

小路上，什么也没有
走过来一个一年级的小学生
把那个小孩儿围起来吧

"绕柱子"，好玩吧
"绕柱子"，好玩吧

水、风和孩子

围着地球
轱辘轱辘转的
是谁呀
是水

围着世界
轱辘轱辘转的
是谁呀
是风

围着柿子树
轱辘轱辘转的
是谁呀
一群馋嘴的孩子

云的孩子

风的小孩和波的小孩
在一起玩耍

波的大人和风的大人
在一起打架

云的大人不搭理风的小孩
云的小孩，气喘吁吁
被风的大人追着
四处跑

悲伤

红色的小匣子
装满了美丽的布头
都给她穿上吧
我的小人偶
看起来很悲伤

因为悲伤，所以
脸没有被弄脏，手没有被弄掉
世界上最干净的人偶

因为悲伤，所以
它有很多故事想说给人听
世界上最聪明的人偶

鹿纹的毛衣
纺绸的和服
一件一件，给她穿上吧
我的小人偶
看起来还是很悲伤

留声机

大人们一定认为
睡着的小孩子不会思考

所以，我乘上我的小舟
驶向一个小岛上的城堡
就在正要登陆的时候
大人们突然打开了留声机

我不喜欢听的歌儿
粗暴地闯进我的梦里
把小岛和城堡抢走了

山茶花

小乖乖
别害怕
风儿吹动
后院里的山茶花

小乖乖
别害怕
天空的脸
快要哭起来了

有时候

走到能看见家的街角
想起了那一件事

因为那一件事
我和妈妈闹别扭

是的，妈妈说过
"黄昏之前，不要离开"

然而，小伙伴们来叫我了
我忘了叮嘱，跑出去玩

虽然讨厌规矩
但是也要守着

总之，只要我的心情变好
妈妈还会喜欢我

如果变成花

如果变成了一朵花
我一定是个乖孩子吧

不能说话，不能走路
不能做游戏，那可怎么办呀

假如有谁走过来
说我是讨厌的花
我一生气，就会凋谢了吧

如果我变成一朵花
未必就是一个乖孩子
像一朵真正的花儿那样

水手和星星

水手看见了星星
星星说
"快过来呀，快过来呀"
风很大，浪很高

水手的目光很明亮
不怕风、不怕浪
把船头朝着星星的方向

水手上岸了
心里还想着
"星星，星星"
尽管很遥远

没有水手的海上
波涛更加愤怒了

失去的东西

夏天的岸边
丢掉的那艘玩具船
回到玩具的岛上
在月光中
靠上了玻璃的岸

曾经约好要见面的小妹妹
再也没有来
她回到了遥远的天堂
在莲花的丛中
被天使守候着

昨晚，找不到的
长着胡子的扑克牌大王
回到了他的国度
在飘落的雪花中
被他的士兵保护着

所有、所有失去的东西
都回到了原来的地方

夜里飘落的花

在晨光里
飘落的花
小麻雀蹦蹦跳跳
陪着它

在黄昏的风里
飘落的花
晚钟唱着歌
陪着它

夜里飘落的花
谁来陪它
夜里飘落的花
谁来陪它

北风的歌

半空中风的呼啸
突然停止的时候
我想到——

风在半空中说
听吧，听吧
好听的歌
在冰的荒原上飞过的
鸟儿的鸣叫声
在云的旷野上划过的
雪橇的铃铛声
我都带来了——

谁也不回答，谁也不听
半空中的风，忽然
呜呜地哭起来了

月光

（一）

月光从屋檐上
看着明亮的街道

谁都没有察觉
人们像生活在白天一样
走在灯火明亮的大街上

月光看着街道
轻轻叹了一口气
把谁都不要的影子
丢在寂寞的墙角

街道像灯光的河流
人们像鱼儿一样
但是每个人的脚下
或深或浅，或长或短
都牵着一个无声的影子

（二）

月光发现一条寂寞的
黑咕隆咚的小巷

好奇地飞了过去
一个贫穷的孤儿
吃惊地仰起头来
月光飘进孩子的眼睛里
　　一点儿也不痛
　　孩子的眼睛多么明亮
　　月光把破房子
　　变成了一座银色的殿堂

孩子不久就睡着了
月光静静地守在那里
一直到天亮
　　一辆破旧的手推车
　　一把破烂的雨伞
　　一棵纤细的嫩草
　　在月光里露出可爱的影子

雨天

把彩纸满满地
撒向原野吧
让草木枯黄的郊野
变成春天吧

咔嚓、咔嚓
剪着彩纸
但愿明天
是个好天气

黄昏时，不知是谁
把彩纸丢掉了
被遗忘的银杏叶
落了一地

元日

想和大家来下双六棋 *
等着大家忙完工作
等得好心烦呀
远处的空地上
传来男孩子们的欢声

关上大门 立起屏风
昏暗的房间里
寂寞像山一样沉重
结满了冰的外边
呱嗒呱嗒的木屐声

昨天，守岁一夜没睡
今天早上，穿上了和服
可是过年依然寂寞
姐姐去学校补习了
妈妈手头总有忙不完的活儿

---

* 双六棋，一种室内游戏，据说起源于印度，在奈良时代从中国传入
日本，开始在宫廷贵族中流行，到江户时代逐渐在民间盛行。双六棋
有各种玩法，尤其受到孩子喜爱，是孩子们过年时必玩的游戏之一，
今已不多见。——译者注

笑

如同美丽的蔷薇的颜色
比芥子种还小的
洒落到地上时
叭的一声，像燃放的烟花
绽开大大的一朵

如同眼泪溢出来一样
从脸上溢出那样的笑容
多么的、多么的迷人呀

春天的织布机

嗵、嗵、咔嗒
春天的女神佐保姬
操作一台老式的织布机

把麦子织成绿色
把油菜花织成黄色
把紫云英织成红色
把晨雾织成白色

织布机能织出五色来
四种颜色已经织好
剩下的只有蓝色

嗵、嗵、咔嗒
春天的女神佐保姬
开始纺织天空了

从梦里到梦里

一寸法师在哪儿呀
一寸法师身子轻飘飘的
从一个梦里
飞到另一个梦里

那么白天他在哪里
白天，他在睡午觉的
孩子的梦里飞来飞去

没有梦的时候，他在哪里
没有梦的时候，不知道他在哪里
不过，怎么可能没有梦呢

刮台风的夜

风像狗在吠
波像虎在吼
海岸边
灯塔显得孤零零的

在风中
在风底
大海的珍珠也许能捡到几颗

风的旋涡里
云的旋涡里
在旋涡之上
星星显得孤零零的

在风中
在风底
昨夜的花蕾也许开出几朵

金鱼的墓

寂寞的、寂寞的土里
金鱼在看什么
夏天池中的水藻和
摇曳的光的幻影

静静的、静静的土里
金鱼在听什么
落叶上轻轻的
夜露的脚步声

冷冷的、冷冷的土里
金鱼在想什么
金鱼店里
从前的好朋友们

灰

园丁大叔，给我一点儿灰
把筐子里剩下的灰给我吧
我用它去做点好事

我不会把灰撒给
樱花、木兰、李子和梨
反正，春天一来它们都会开花

我把灰全部撒给森林
从来没有开过花的
寂寞的森林

如果森林开花了
树木会多么高兴呀
当然，我也很快乐

犬

我家的天竺牡丹开花那天
酒店的"小黑"死了

在酒店外玩耍时
总是训斥我们的老板娘
呜呜地哭起来了

那一天，我在学校把这件事
兴致勃勃地说出来了

突然，自己也觉得寂寞起来

草的名字

别人知道的草的名字
我全然不知
别人不知道的草的名字
我倒是知道一些
那是我给她们起的名字
给我喜欢的草，起我喜欢的名字

人们知道的草的名字
全都是人给起的名字吧
真正知道草的名字的
只有天上的太阳吧

所以，我知道的草的名字
只有我自己在叫

陀螺果 *

红红的、小小的陀螺果
甜甜的、涩涩的陀螺果
放在手里的果子
一个转着玩，一个吃掉
没有了，再去寻找

一个人去山坡
灌木丛中无数的陀螺果

一个人在山坡
玩着陀螺果，不觉得寂寞

---

*陀螺果，即青冈栎的果实，可以吃，也可以当陀螺玩。——译者注

警报球

晚霞中
警报球是红色的
警报球的下边
小牛犊在玩耍

曾经有一次
警报球发出了警报
关于那次暴风雨的传闻
人们几乎都忘了

晚霞中
警报球是红色的
暴风雨什么时候会来呀
人们等着警报球通知呢

蒲公英叶子的歌

花被摘下来
究竟为什么

这里有蓝天
这里有唱歌的云雀

那个快乐的旅人
像一阵风似的吹过

摘下来的花朵
他拿在手里

有没有一只可爱的
小手来摘我

羽绒被

暖烘烘的羽绒被
给谁盖呀
给守在门外的小狗盖上吧

"还有比我更需要的"小狗说
"后面的山坡上一棵小松树
正被风吹着呢"

"还有比我更需要的"小松树说
"睡在原野的枯草
正披着霜呢"

"还有比我更需要的"枯草说
"睡在池塘里的小鸭子
正在水里受冻着呢"

"还有比我更需要的" 小鸭子说
"挂在天上的小星星
冻得直打哆嗦"

暖烘烘的羽绒被
给谁盖呀
给我自己盖上吧
睡觉喽

数星星

伸开双手
数星星
数来数去
只有十个
昨天也是这些
今天也是这些

伸开双手
数星星
数来数去
只有十个

不论数到何时
只有这些

大雪

大雪，大雪
在飘着雪花的街上
走着一个小孩和一个失明的老人

明亮的窗子里
传来钢琴的旋律

盲人拄着拐杖
在听呢
美丽的雪花
落在他肩上

孩子搀扶着老人
在看呢
明亮的窗子
被雪花装饰着

演奏的钢琴
真诚地为他们
奏出春天的音乐

大雪，大雪
美丽的、轻柔的大雪
在两个人面前飞舞着

袖子

带袖子的浴衣很高兴
好像要外出去做客

长着葫芦花的后院
阳光很明媚
袖子快活地跳起舞来

拉一拉，扯一扯
一只不认识的手伸进来了
散发着清新的
染料的气味
新做成的浴衣的
两只袖子很高兴

寂寞的时候

我寂寞的时候
别人不知道

我寂寞的时候
朋友也许在笑呢

我寂寞的时候
妈妈依然很慈祥

我寂寞的时候
神仙也寂寞吧

杉树

"妈妈，长大以后
我能变成什么"

小杉树在想——
长大以后
我就像山顶的白百合
开出带香味的花
长大以后
我就像山脚下的黄莺
唱出柔美的歌儿

"妈妈，长大以后
究竟，我能变成什么"

杉树妈妈已经被砍伐了
山风冷冷地说——
"变成你妈妈那样的木材
就可以啦"

喜欢金子的国王

喜欢金子的国王
他的宫殿也是金子做的

国王的手触到月季
月季也变成金子的啦

国王的手抱起公主
公主也变成金子的啦

凡是国王的手触到的地方
都变成金子的啦

但是，请不要担心
天空永远是蓝的

椅子上

仿佛坐在礁石上
周围是大海
潮水涨起来
数不清的帆
向着海的尽头驶去
越来越远

太阳落下了
天空高远
潮水涨起来
（别玩了，开饭了）
啊，是妈妈在喊
我从椅子的礁石上
勇敢跳下来
跳进房间的大海里

法事

做法事的晚上
没有雪，夜色很暗
踩着黑黑的小路去寺院

长长的白蜡烛
大大的火钵
明亮又温暖的禅房

大人们安静地坐着
孩子们一闹
就被翻白眼

可是，亮堂堂的地方
小朋友们聚在一起
岂能规规矩矩

夜深了，回家去
心里兴奋睡不着啊

做法事的晚上
夜深了
街上还咔嗒咔嗒响着的
是木屐声

莲和鸡

从泥土里
长出了莲花

显然
这不是莲的功劳

从鸡蛋壳里
孵出了小鸡

显然
这不是母鸡的功劳

我发现了
这些秘密

当然
这也不是我的功劳

朝圣的女孩与花

快走呀
快走呀

朝圣的女孩停住脚步

摆满鲜花的
一家花店

快走呀
快走呀

朝圣的女孩还盯着
那叫不上名字的西洋花

歌也不唱啦
屏住呼吸呢

黄昏

"晚霞淡了"
大家忽然停止了唱歌
开始变得沉默

谁也不说回家
却都知道家里的灯亮了
还有饭菜飘着香味

"青蛙*终于叫了，青蛙终于叫了"
不知是谁说了一句
大家都松了一口气
三五成群地回家去

可我想模仿青蛙，叫一声
让空气变得热闹些

黄昏里的小山、草坡
被寂寞的风吹着

---

*"青蛙"和"回家"的日语发音是一样的。——译者注

石榴

石榴树下的孩子说
"石榴哥哥，长熟了
请送给我一个吧"

石榴树上的乌鸦说
"想得美，石榴长熟了
都是我的"

粉红色的石榴
沉默着
向下、向下
使劲儿垂着

海螺的家

天亮了，海边
咚咚的敲门声
"送奶的来了，海豚的鲜奶
放在这儿啦"

中午，海藻挥着手臂
"号外、号外
蓝鲸被渔网罩住了"

夜深了，礁石下边
传来咚咚的敲门声
"快开门啊，电报电报"

不在家，感冒，还是在睡懒觉
海螺的家关着门
不论白天，还是夜晚
海螺躲在家里，静悄悄

冬雨

湿漉漉的街道
黄昏
还没点亮的路灯
站在雨里待命

昨天的风筝
还挂在高高的树枝上
被雨淋着，破烂的样子

一只手举着
油纸伞
另一只手提着中药
走回家

湿漉漉的街道
黄昏
蜜柑的皮上
挂着雨滴

车轮和孩子

在乡下的路上
车轮
像轧小石子一样
把一朵紫罗兰碾碎了

在都市的街上
孩子
像采一朵紫罗兰一样
把一块小石子捡起来

长长的白昼

云的影子
从一座山上
飘到另一座山上

春天的鸟儿
从一棵树上
飞到另一棵树上

小孩儿的眸子
从一片天空
移到另一片天空

长长的白昼的梦
延伸到比天空
还要高的天空

象

真想去印度呀
真想骑一骑大象

可惜印度太远了
那就让自己变小吧
去骑一头玩具大象

要是变成那样
油菜花和麦子的田间
就成了一片辽阔的森林

在那里追捕的野兽
是比大象还大的鼹鼠

天黑了，向云雀借宿
在森林里一住就是七天七夜

满载猎物，从森林里出来
走进长满紫云英的街道

如果从那里仰望天空
该是多么的，多么的美妙啊

十字路口

那一个
我不认识的旅人
为什么不问一问回家的路呢

是不是闹别扭离家出走了啊
秋天的黄昏，他徘徊在十字路口

灯，一盏一盏地亮了
柳叶，一片一片地落了

那一个
我不认识的旅人
为什么不问一问回家的路呢

株桐

光的笼子

现在的我，是一只小鸟

在夏日的树荫中
光的笼子里
被从不现身的主人饲养
我是一只可爱的小鸟
只知道唱歌

光的笼子很容易坏
我张开翅膀哗啦一下，就破了

可我很乖，不飞也不跑
被饲养在光的笼子里
我是一只善良的小鸟

草原的夜

白天，牛儿在那里
啃吃嫩嫩的青草

夜深了
月亮从那里走过

被月光抚摸的
小草儿正努力生长
为了明天牛儿品尝

白天，孩子们去那里
在草丛间摘野花

夜深了
天使从那里走过

被天使踩过的地方
花儿长出来了
为了明天孩子们来寻找

山上的枇杷

山上的枇杷树
果实熟了
一个陌生的好心人走近它
摘下枇杷果，送给我
我一边吃，一边从山岭走过
金黄的熟透了的枇杷果

山上的枇杷树
后来只剩下叶子了
没有人再靠近它
黄昏的山路上
一阵一阵的秋风吹过
我走下山坡
风里孤独的影子
长长的

小石子儿和种子

小石子儿
埋在街道的土里

种子
埋在菜地的土里

街道和菜地
太阳照着

菜地和街道
春雨淋着

种子从菜地里长出芽儿
庄稼人很高兴

小石子儿从街道的土里露出头
把一个乞丐撂倒

学校里的午休

想玩"攻城堡"的游戏
没人陪我
想玩"捉小鬼"的游戏
没人陪我
东边的小组，不肯接纳我
西边的小组，是我不喜欢的

装着若无其事的样子
躲在树荫下
在地上画火车

东边的小组"攻城堡"了
西边的小组"捉小鬼"呢

不由得，心情紧张了
大家的游戏开始了

热闹地游戏　忘了时间
后山上响起了蝉鸣

樱花树

要是妈妈不批评我
很想攀到
盛开的樱花树上

攀到第一根树枝上
看见晚霞中的小城
像神话里的仙境吧

攀到第三根树枝上
身体被花包围了
我成了一个花仙子
一挥手
花儿都飞起来了

如果不怕被谁发现
很想攀到樱花树上

道别

妈妈，妈妈，请等一下
我真的很忙啊

马厩里的马，鸡窝里的鸡
还有它们的小孩子
我要向大家道个别

还想往山上走一趟
跟昨天刚认识的樵夫打个招呼

妈妈，妈妈，请等一下
还有忘记做的事呀

道边的鹅掌草和蓼花
回到城里就看不见了
这朵花、那朵花
不管认识不认识
都要记住它们的脸

妈妈，妈妈，请等一下

学校

有坐着船来的孩子
有越过山来的孩子

后边的小丘上，鸟鸣声
前边的池塘，芦苇的风

穿过田地，能看见海
白帆船从海上划过

红色的瓦上，积雪早就溶化了
蓝蓝的天空下，桃树已经开花

欢迎新学生的时候
正赶上伯劳鸟和青蛙在叫

我们背着旧书包
去摘红红的草莓

红瓦房的校舍呀
它的屋顶倒映在水中

水中映出的倒影
时常出现在我梦中

邻居家的杏树

邻居家的杏花儿全部开了
雨中，月色中，总有人来看它

散落的花瓣儿飘过围墙
也飘到了我家的澡盆上

叶下结出果子的时候
大家把杏树都忘记啦

杏儿变红、成熟了
我们等啊，等啊

托邻居家的福
我也吃到了两颗杏子

钟摆

隔着时钟的窗子
停止的钟摆，寂寞的样子

透过窗子，看见外边的城市
孩子们正在玩跳绳的游戏

有谁在意我吗
有谁陪我玩荡秋千吗

隔着时钟的窗子
生锈的钟摆，寂寞的样子

看不见的城堡

我在山林里打猎，天晚了
率领着看不见的随从
返回看不见的城堡

田野里有一位看不见的牧羊人
在远处吹着看不见的笛子
呼唤一群看不见的羊

森林的尽头有看不见的城堡
城堡里有看不见的黄金的窗
看不见的灯亮了，一闪一闪发着光

我是一个小小的王子
骑着看不见的马
马脖子上挂着
看不见的银铃儿，叮当叮当

假名的纸牌 *

忽然传来的声音
是孩子们的声音
"花朵的花字在哪里"

去迎接哥哥的路上
正下着蒙蒙细雨

循声望去
从紧闭的窗子里
漏出些灯光

"准备好了吗
我说下一个……"

继续走我的路
天越来越黑了

* 假名的纸牌，是日本孩子们常玩的一种识字游戏。写有日语假名的
纸牌摆在桌子上，一人读，数人抢，多获者为胜。——译者注

花和鸟

花和鸟
在图画本里
玩着呢

花和鸟
在葬礼的会场上
并排站着呢

花瓶里的花
和谁一起玩

鸟笼里的鸟
和谁一起玩

山樱花

樱花、樱花，山樱花
我采一朵头上插
变成山神的公主了

樱花、樱花，山樱花
山神的公主
站在樱花树下

樱花、樱花，山樱花
山神的公主说——
"给我跳支舞吧！"

樱花、樱花，山樱花
花瓣儿纷纷扬扬
给山神的公主
跳起舞来啦

樱花、樱花，山樱花
沿着山路飞走了
连头上的那一朵也没了

小麻雀之墓

想给麻雀堆一座坟
写上"小麻雀之墓"

风吹过来，笑了
一声不吭
用袖子把文字抹掉了

一场大雨过后
小麻雀的坟也不见了
只留下一地白色的沈丁花

"小麻雀之墓"建也不是
"小麻雀之墓"不建也不是

赤土山

赤土山的土
被装上马车卖到城市

赤土山上的赤松
倒了下来
卧在地上哭

阳光很刺眼
静静的，一条带子似的小路

卖往城市的赤土
随着马车走远了

仙人

吃花的仙女
吃完了花，又飞到天上去了
下边的事和她没关系啦

我也吃了花
绯红的桃花是苦的
紫红的蒲公英是涩的

只要吃了花
就能变成仙女飞起来吧
一想到这儿，又继续吃花

可是，天快要黑了
家里的灯亮了
我要回家吃饭了

乒乓

洗完澡
换衣服的时候
二楼的磨砂玻璃窗上
映出了几个
打乒乓球的影子

港城的春夜
月亮撑起明晃晃的伞

和妈妈一起从澡堂回来
身上散发着肥皂的淡淡清香

木屐踏着路面
乒乓、乒乓

穿着木屐走在街上
身后传来一串打乒乓球的脆响

和好

那个女孩儿站在对面
开满蒲公英的田间小路
春霞灿灿

那个女孩采着蒲公英
我也采着蒲公英

那个女孩笑了
我也不由得笑了

云雀在啼叫
开满蒲公英的田间小路
春霞灿灿

海的花园

——位于泽江的海

海湾底下的花园
站在船上就能看见

那飞动着的是光的白蝴蝶
那摇曳着的是绿的子午莲

长得像牡丹的，是数不清的
紫色的海蜇花

这么美丽的花
在陆地上看不见

可是，海边的决明子花
却不以为然

在遥远的大海下面
有山丘、峡谷和河川
那是海龙王的御花园

连陆地上的决明子花都不认识的人
无法想象海龙王的御花园

荡秋千

电线杆的铁枝子
是修理工人攀登用的
我把秋千绳挂在上边

因为这里没有树
家里又窄，大人不让玩
就在电线杆上荡秋千

才荡了一下
脑袋就撞到了电线杆
只好作罢

用手卷起绳子
我回到小巷
玩跳绳去

热闹的祭祀

明朗的、明朗的春日
非常气派的祭祀 *

数百个花环
摆放在晴朗的天空下
人们都是开心的样子

涂成红色的车子上
站着灰翅膀的鸽子
在太阳光下闪闪发亮

嘿，一个小男孩
从花环下蹿过去了
我也想试一试
就像庙会的晚上
躲到花车里一样

高高的旗子在飘扬
旗子旁边浮着薄薄的白云
真是一个难得的春日

---

* 四月二十六日，是举办一个大地主叫伊藤什么的葬礼的日子，花环
摆了二百多只，很多人来看热闹，大家又紧张又兴奋。——原注

燕子

嗖的一声，燕子飞起来
目光被燕子引向夕阳的天空

仰望天空时，看见
像胭脂一样美丽的晚霞

这才想到
春天到了
燕子又回来了

佛龛 *

从后院摘下的橙子
从城里买来的果子
都要敬到佛龛前
我们得不到

不过，好心肠的佛祖并不吃
不久就会赏赐给我们
所以，我们怀着崇敬的心
合上双手

家里没有花园
可佛龛的前边
总是插着美丽的鲜花
让房间飘着花香

好心肠的佛祖也不拿走
随时把花儿让我们欣赏
所以，即使凋零的花瓣
我们也要尊重
用脚踩踏可不行

一早一晚，家里的老奶奶

*佛龛，是有宗教信仰的日本人家中，一处专门做礼拜的地方。小巧
精致，里边立着佛像或先祖的牌位。——译者注

总是给佛龛点上灯
佛龛里，一片金黄色
像宫殿一样明亮

一早一晚，我都忘不了
向着佛龛敬礼鞠躬
在佛龛前总能想起来
曾经忘掉的事情

我们忘记的事情
佛祖都替我们记着呢
所以我们总是对佛龛说——
"佛祖，请您保佑我"

通往佛龛的黄金宫殿
有一个小小的门
等我变成乖孩子了
就可以从这个门里进去吧

一条大路

一条大路的远方
应该有一片森林吧
孤独的朴树呀
沿着这条大路去吧

一条大路的远方
应该有一片大海吧
莲池里的青蛙呀
沿着这条大路去吧

一条大路的远方
应该有一座都市吧
寂寞的稻草人呀
沿着这条大路去吧

一条大路的远方
总会有些什么
我们手拉着手
沿着这条大路去吧

竹蜻蜓

扑棱棱，扑棱棱，竹蜻蜓
飞吧，飞吧，竹蜻蜓

比二楼的房檐还要高
比院子里的杉树还要高
比葛城山还要高

我做的竹蜻蜓
替我飞起来吧

扑棱棱，扑棱棱，竹蜻蜓
飞吧，飞吧，竹蜻蜓

比山头的云彩还要高
比云雀的叫声还要高

我做的竹蜻蜓
飞上了天空

可不能迷了路
记着还要回来呀

谁告诉我真相

谁会说出来真相
把我的事情告诉我
邻家的阿姨夸我好
不知为何笑起来

谁会说出来真相
我去问花儿，花儿摇摇头
也许她应该那样
花儿都那么漂亮

谁会说出来真相
我去问小鸟，小鸟飞走了
一定是无可奉告
小鸟一言不发飞走了

谁能告诉我真相
去问妈妈的话，想必很奇怪
（在妈妈眼里，我是
一个可爱的乖宝宝）

谁会说出来真相
把我的事情告诉我

积雪

上面的雪
冻得慌吧
被冷冷的月光照着呢

下面的雪
压得慌吧
被那么多行人踩着呢

中间的雪
闷得慌吧
看不见天，摸不着地

和天空一样颜色的花

和天空一样颜色的
小小的花呀，你听我说

从前，这里有一个可爱的
长着黑眸子的少女
就像刚才的我一样
总喜欢仰望天空

因为总是仰望天空
她的眸子不知不觉
变成和天空一样颜色的小花
到现在依然仰望天空

花儿哟，如果我的故事
是真的话
你一定比了不起的博士
更知道天空的秘密

我总是喜欢仰望天空
一边看，一边想
但是，天空的秘密一点儿也不知道

了不起的花儿，沉默着
静静地，望着天空

被天空染成蓝色的眸子
至今，不知厌倦
望着天空

捉迷藏

——准备好了吗
——还没有呢
在枇杷树下
在牡丹丛中
小孩子和小孩子
在玩捉迷藏

——准备好了吗
——还没有呢
在树枝上
在绿叶底下
小鸟和枇杷在玩捉迷藏

——准备好了吗
——还没有呢
在天之外
在地之下
夏和春在玩捉迷藏

紫云英

一边听着云雀的歌声，一边摘紫云英
不知不觉摘多了

拿回去吧，就会枯萎
一枯萎就会被人丢掉
像昨天一样，被丢进垃圾箱

回家的路上
找个没有花的地方
挥一挥手
把紫云英的花，星星点点撒上
——就像春天的使者一样

气球

拿着气球的孩子站在我身边
感觉就像自己拿着气球一样

这里是庙会刚刚结束的后街
偶尔还能听到响亮的笛声

红色的气球
白色的月亮
出现在春天的天空

拿着气球的孩子走了
我的心里却有些寂寞

踢踏、踢踏

踢踏、踢踏
光着脚回家

手里拎着一双破草鞋
在麦田的小路上踢踢踏踏

跳个高，能看见远处的河
还有田畦里的豆花
我在跳高
麦子也在跳高

紫云英开了
油菜花开了
左摘花，右摘花
手里的草鞋碍事了

破草鞋没用了
一挥手丢掉吧

踢踏、踢踏
光着脚回家

纸飞机

一、二、三
纸飞机，飞上了天

像旗子一样的云、羽毛一样的云
像柳条一样的云

在我不知道的地方
有个不认识的孩子

也和我一样
玩着纸飞机吧

一个人在春天里
一个人在晴朗的日子里

金米糖的梦

金米糖
做了一个梦

在春天的乡村
果子店的玻璃瓶里
做了一个梦

金米糖
乘着玻璃的小船
渡过大海
飞到天上

变成一颗
甜甜的启明星

电线杆

耳边响起麻雀的吵闹声
电线杆睡醒了

从蔬菜车消失的地方
修电线的工人慢腾腾走过来了

午后，刮起了风
孩子们支起耳朵听电线的琴声

不知谁的气球飘起来
碰了一下电线杆的鼻子飞走了

夕阳落山，天要黑了
电线杆上星星探出头来

脚边，基督徒们在唱诗
电线杆又困了

鸽子的眼睛

我想捉到一只鸽子
想有一双鸽子的眼睛
假如有了那样的眼睛

即使住在城里，坐在妈妈身边
也能看见乡村的森林和
树枝上的小鸟

看见海上的小岛
岩石下边的鲍鱼

看见天空中、夕阳下
坐在彩云里的天使

如果有了一双鸽子的眼睛
我就老老实实坐在妈妈身边
看各种各样的东西

声音

在天空依然明亮的
黄昏
总觉得有声音
从遥远的地方传来

像是玩游戏什么的
又像是
波浪的声音

在肚子饿了的
黄昏
总觉得有声音
从遥远的地方传来

尊贵的小姑娘

已经看不见了
向我问路的旅人
远去的背影
我忽然感到有些茫然

我总觉得
即使在故事的王国
把自己幻想成公主
可我仍然是一个贫穷的乡下人

"尊贵的小姑娘，谢谢你"
听到旅人感谢的话
我不由得四周看了看
那时候感到
心情有点儿异样

千屈菜

长在岸边的千屈菜
开出无人知道的花

扑向岸边的波浪
又回到大海去了

辽阔的、辽阔的海洋
小小的、小小的一滴

从千屈菜的花蕾里
落下来露水一滴

无人理睬的千屈菜
留在露水的记忆里

推铁环儿

穿过这条街
穿过那条街
推着铁环，嘎啦嘎啦
追上一辆黄包车
追上一辆马车
不停地追，嘎啦嘎啦
追过第三辆车
就离开了城市
到了城外，嘎啦嘎啦

田间的道路
连着天空
推到天边吧，嘎啦嘎啦
黄昏的天边，晚霞一片
把铁环推进晚霞里
丢下铁环，回家啦

从海上飞出的星星
头顶着铁环
天文台的博士见了
大吃一惊，说——
"快看，快看
又多了一颗土星
真是新发现"

天空和海

春日的天空发着光
像丝绸一样发着光
为什么、为什么发光呢

夜幕深处的星星
一闪一闪

春日的海，发着光
像贝壳一样发着光
为什么、为什么发光呢

大海深处的珍珠
一闪一闪

好事情

破旧的土墙
倒塌了
露出来
一片坟墓

从道路右边
山的背后
墓碑们
看到了大海

总觉得这是
一件好事情
每次路过
都很高兴

夜与昼

白昼的后边
是夜呀
夜的后边
是白昼

站在哪里
才能看见
长长的绳子
连着这一头
和那一头

叶子的婴儿

月亮的任务是
"快点睡觉吧"
把月光轻轻地盖在它身上
唱着听不见的催眠曲

风的任务是
"该起床啦"
当东方露出鱼肚白的时候
不停地摇动树枝
让它睁开眼睛

白天守候它的
是小鸟们
在树枝上
一会儿唱歌
一会儿游戏

小小的
叶子的婴儿
吃饱了露水就睡觉
不知不觉长胖了

启明星

云雀在天上
发现了最早的星星

船长的儿子在海上
发现了最早的星星

中国的孩子在中国
发现了最早的星星

谁能成为富翁呢
知道答案的
只有天上最早的星星

那个孩子

——那个孩子，被人抢走了
——那个孩子，在呼唤我呢

——那个孩子去了哪里
——去了我的故乡

——那个孩子是个"不懂事"的孩子
——那个孩子尽管"不懂事"
　　可他的妈妈在这里
　　想他，等他

佛的国

如果能去同样的地方
我们当然愿意去
佛的国

和被射杀的鸟儿们
一起去同样的地方
让那些可爱的花朵们
为大家唱出好听的歌儿

如果去不同的地方
我们去的地方
也许是最坏的地方吧

最坏的地方
小孩子不应该去呀
那地方比中国还远
比星星还高

擦玻璃

爬上窗子，擦玻璃

擦着，擦着，一看
教室的桌子上长了草
有人站在草上，光着脚

草丛上边的黑板前
谁在涂墨汁

刚被涂过墨汁的黑板上
开着鲜艳的山樱花

河堤上一个背孩子的小姑娘
渐渐走进了花丛里

映在玻璃上的影子没人知道
看影子的我也没人知道

桃子

一、二、三
扑过来

摇呀摇
桃枝摆来摆去

桃枝不停地摆
忽左、忽右，抓不着

一、二、三
荡下来了

忽地一声
又弹回去

这一个，那一个，真高呀
那一个，这一个，真大呀

书

寂寞的时候
走进爸爸的房间
盯着书橱里
那一排排书脊上烫金的文字

有时候，偷偷踮起脚
抽出一本沉沉的书
抱在怀里，像抱着个大玩具
躲到明亮的房檐下，看书去

书里都是横排的洋文字
一个假名都没有
可那些文字像花纹一样漂亮
散发着神秘的香气

舔着手指，一页一页地翻看
白色书页里的故事
一个接一个露出来

嫩叶的影子抚摩着文字
在五月的房檐下
翻看爸爸的大书
我心里好高兴

皮球

找皮球的城里小孩
来到了另一个城里
从围墙里突然飞出来
一个肥皂泡
不一会儿它就消失了

找皮球的城里小孩
来到了一个小镇
在人家的后院发现
一朵紫色的绣球花
可它很快就凋谢了

找皮球的城里小孩
来到了郊外
天边五彩的柳条云背后
原来，皮球藏在那里呢

卷三　　寂寞的公主

麻雀

有时候我这样想——

请麻雀来家里做客
给它们起名字，训练它们
让它们站在我的肩上、手掌上
带着到外边去玩耍

然而，也只是想一想罢了
因为好玩的事太多
总把麻雀的事忘了

想起来的时候常常是夜里
找不到麻雀的夜里

我的这个念头
要是麻雀知道了
一定会傻傻地等待吧

我，真是一个坏孩子

做

小鸟们
用稻草
做了一个巢
那些稻草
那些稻草
是谁做的

石匠们
用石头
做了一块墓碑
那些石头
那些石头
是谁做的

我
用沙子
做了一个盆景的庭院
那些沙子
那些沙子
是谁做的

全世界的国王们

我把全世界的国王们都召集起来
对他们说："今天，天气很好"

因为国王们的宫殿太大了
他们看不见天空
也听不到天气预报

我把全世界的国王们都召集起来
对他们说："今天，天气很好"

他们听了
会比当了国王还高兴

"时间"老爷爷

嗒嗒嗒，不停地转着
"时间"老爷爷，很忙呀

我拥有的东西，如果你想要
什么都可以送给你

带小孔的石子、带花纹的石子
绿色的玻璃球
还有浮世绘画片
镀银的簪子也给你

嗒嗒嗒，一刻也不停
巨大的"时间"老爷爷

如果你可以，请现在
就把庙会的日子送过来吧

玩具的树

不知何时埋下的种子
长出一棵小小的桃树

虽然只有一个玩具
我还是把它埋进院子的一角

尽管寂寞，依然忍着
等待萌芽长出来

小小的萌芽，精心培养
三年后，就会开花
一到秋天，可爱的玩具长满树
我把玩具树上长出的玩具
摘下来分给
全城的孩子，一人一个

愿望

夜深了
犯困了

好吧、好吧，睡觉啦
深夜的房间里
突然，露出一个头戴红帽的小人儿
偷偷地帮我做作业

我想，那个聪明的小人儿
一定躲在什么地方吧

橙子林

橙子林的橙子树
全都伐断了，连根也不剩
橙子林变成一块田地

不知道人们要种什么
种茄子就不能荡秋千啦
（当然，小虫子们可以荡秋千）
种豆子就不能玩爬树啦
（要是种杰克的豌豆*就不知道了）

橙子林里的橙子树
还长着青果就被伐掉了
玩耍的据点又少了一个

*杰克的豌豆，出自英国一篇著名的童话《杰克与豌豆》。——译
者注

鱼市场

海峡里
晚潮
打着卷儿

远处
薄暗的黄昏
传来轰鸣

散了集的
鱼市场里
一片云从海峡那边
飘过来，窥视

孩子们，孩子们
你们在那边
仰望什么

傍晚
秋刀鱼颜色的天空
乌鸦默默地
飞过

看不见的星星

天空的深处有什么
　天空的深处有星星

星星的深处有什么
　星星的深处还是星星
　眼睛看不见的星星

看不见的星星是什么星星
　那是带着众多随从的一个小王子的
　爱恋的心灵
　那是被大家看着的一个少女的
　羞涩的心灵

扑克牌的家

用扑克牌
建一座房子吧
房间都朝向它们的背面
地板的图案很漂亮
一张方块做电灯

庭院里种上黑桃和梅花的树
心形的花儿轻轻地摇摆
扑克牌的房子
谁来住呢
从四个大王和女王中
选出一对相爱的居住吧

扑克牌的房子
推倒啦
当当当，时钟敲了五下
打扫卫生的小姐姐来了

夏

"夏"喜欢熬夜
早上喜欢睡懒觉

夜里，我睡着了以后
"夏"正和满天星星玩呢
早上，我吵醒牵牛花的时候
"夏"还睡着呢

凉爽的、凉爽的
微风说着

消夏庙会

飘来飘去的
气球
被瓦斯灯映着

人来人往的大街上
挂满了彩色灯笼
做冰棒的店铺里传来
清亮的叫卖声

白蒙蒙的
天河
偶尔划过一颗流星

转过一个十字路口
气球
在夜色里
暗淡了

雨中的五谷祭

一场大雨过后
五谷祭的夜晚来临
现在，天上闪出几颗星星

没人走的路上，一片泥泞
还没有熄灭的灯笼
在谁家的檐下挂着

远处的街上有汽车开过
好像开到天上去了
伴着笛子和大鼓
一个、两个、三个
天空中出现更多的星星

谁家门前的灯笼
又有一盏熄灭了

夏天的夜

天黑了
天空依然明朗
星星在吹着
口琴

天黑了
街上依然卷扬着尘土
一辆空马车
踢踏踢踏
像跳舞似的走过

天黑了
地上依然很明朗
烟花在燃烧
红色的火球
噼里啪啦
像跳舞似的散开

鹎越 *

鹎越的
绝壁上
蚂蚁的"大军"
前来征讨

进攻的"平家军"
是我丢掉的
一个被啃剩的
梨核儿

山顶上
一家茶馆的午后
松叶儿摇动
蝉鸣阵阵
蚂蚁的"大军"
个个奋勇
一举拿下
梨子的城

* 鹎越，发音"bēiyuè"，古代日本地名，位于神户市西部至六甲山，
一条西北走向的山坡路。公元1184年源氏和平家两大军团在此地决
战，即著名的"一谷战役"，平家军大败。——译者注

哑蝉

会说话的蝉也唱歌
从早到晚唱个不停
谁看见它都在唱歌
总是唱着同一支歌

不会说话的蝉只写歌
一声不响在树叶上写着
谁都不注意它在写歌
它写下谁也不会唱的歌

（秋天来了，叶子落了
枯叶和歌词被风吹走了）

山里孩子的梦

大山深处
温泉村的
一家旅馆
老板娘的女儿
梦见了
美丽的大海

平展展的
大海上
铺着胭脂色的波
海上飞着
金的
银的
成群的海鸟

醒来一看
身边的匣子里
只有一把画着大海的纸扇
真寂寞呀

小小的故乡

小人偶
小人偶
真想去一次你的故乡

那里的房子
能放在我手心里吧

可那里依然有紫云英开放吧
你也喜欢摘花吗
摘着、摘着天黑了
小小的月亮出来了

小人偶
小人偶
你的故乡的春天
让我也感到怀念

当大大的房间变黑的时候
当大大的猫咪吓唬你的时候
你是多么思念故乡呀

大象的鼻子

山顶上
胖乎乎的
一头白色的大象

向着天空
胖乎乎的
大象伸出了鼻子
——水色的天空中
丢失的象牙
细细的长长的

胖乎乎的
大象的鼻子
伸长又伸长

无论如何
摸不着
天空越来越暗了
——宁静的天空中
摸不着的象牙
越来越明亮

文字烧 *

文字烧的香味儿呀
雨一直下
淅淅沥沥的小雨

果子店屋的暗影中
隐隐约约
红色的烟头在闪烁

在那边的十字路口
五六个人
说着道别的话

文字烧的香味儿呀
雨一直下
淅淅沥沥的小雨

---

* 文字烧，是用小麦粉为主要原料烤制的一种廉价的果子，在日本明治时期的东京、大阪等地很流行。——译者注

走在海上的妈妈

妈妈，别这样
那边，是大海呀
看，这里是港口
这些椅子是港湾里停泊的船
从这里出去
妈妈，你要坐船呀

哎呀、哎呀不好啦
有人走到海里去了
在海上迈大步
妈妈，真的
不要笑
还是快点上船吧

然而，妈妈不和我玩游戏
可是、可是没关系
我的妈妈，了不起
能在海上迈大步
了不起，了不起

船的歌

我曾经是一艘年轻的船
有过热闹的入水式
被五彩的旗子装扮着
第一次出海的时候
数不清的波浪
一起伏在我面前叩拜

我曾经是一艘强壮的船
击败过无数的
风暴、狂涛和涡旋
银光闪闪的鱼儿堆积如山
满载而归的时候
我就像一名凯旋的勇士

如今，我老了
成了海峡上一只闲散的渡船
岸上茅草屋边的向日葵
转着脑袋的时候，我总是半睡半醒
一边打盹儿，一边回忆
反反复复，梦见往事

蝉鸣

火车窗外
暴雨一样的蝉鸣

独自旅行的
黄昏中
我闭上眼睛
眼睛里
开着金色和
银色的百合花

睁开眼睛
车窗外边
叫不出名字的群山
卧在夕阳中

火车窗外
一阵接一阵
暴雨一样的蝉鸣

月亮和小姐姐

我走路的时候，月亮也跟着走
是个好月亮

要是每天晚上
你都能挂在天上
那就是个更好的月亮

我笑的时候，小姐姐也跟着笑
是个好姐姐

要是任何时候你都不用工作
就来陪我玩儿的话
那就是个更好的小姐姐

帆

当我在海边捡贝壳的时候
那一艘挂着帆的船
不知漂到哪儿去了

那么急着漂走
不知遇到了谁——
不知发生了什么——

寂寞的公主

被一个勇敢的猎人搭救
公主回到了城堡

城堡还是从前的城堡
月季花依然在开放

为什么公主那样寂寞
一整天都在仰望天空

（魔法虽然可怕
还是渴望变回一只小鸟
伸展着银光闪闪的翅膀
飞翔在无边无际的天空）

街上花儿盛开
城堡里欢快的宴会仍在进行
寂寞的公主
一个人在黄昏的花园里
火红的月季花她看都不看
只是一直仰望着天空

苹果园

北斗七星下边
在无人知晓的雪域
有一个苹果园

围墙破败，无人看管
园里古树的枝丫上
挂着一口大钟

摘苹果的孩子们
每摘下一个苹果
就敲响一次大钟
大钟每响一下
一朵花儿就开了

北斗七星下边
坐着马拉雪橇的旅人
远远地听到了钟声

听到钟声的时候
冰冷的心融化了
滚烫的眼泪流出来了

初秋

白色的庄严的，周日的银行
唑唑唑唑，蟋蟀在鸣叫

清爽的高远的，清晨的天空
扑棱扑棱，蜻蜓在飞

（秋，今天一早儿
就来到了港口）

白色的巨大的，周日的银行
太阳给它留出一个清晰的影子

薄薄的翅膀，一抖一抖的
一只大眼睛的蝉骑在电线上

火车道口

火车道口的小屋
在辽阔的天空下
小屋外边坐着的老爷爷
正在看今天的报纸

长长的、长长的影子投在地上
裤脚边新娘子花在开
胸口上小虫子在爬

火车道口的木栅栏
在晴朗的天空下排着队

蟋蟀躲在草丛里
白天的月亮躲在看不见的云上

曼珠沙华

村里的庙会
在夏天举行
大白天的
也燃放烟花

邻村的庙会
在秋天举行
排列着太阳伞的后街
住在地下的亲人
点燃了线香烟花

火红的
火红的
曼珠沙华

小女孩和小男孩

红色的传单
蓝色的传单
春日的街头撒传单

一个小女孩
捡起红色的传单
折成一件衣裳
给小石头穿上
手捧小石头
唱起催眠的歌儿

一个小男孩
捡起蓝色的传单
举起蓝色的传单
急忙跑回家
一路上，大声地喊——
"电报、电报"

秋天，一夜之间

秋天，一夜之间来到了

二百一十天里有风吹过
二百二十天里有雨落过
在黎明到来之前
它悄然躲在夜色里

是坐船从港口漂来的呢
还是长了翅膀从天空飞来的
或是从地下密密麻麻涌出来的
谁也不清楚
只知道，今天一早就来了

看不见秋天在哪儿
只知道，它确实已经来了

落叶的纸牌

山路上的纸牌
是什么纸
是金色、红色的落叶的纸
小虫子在上面留下笔迹

撒在山路上的纸牌
谁来读
黑色的小鸟用黑色的尾巴
一片一片翻着读

撒在山路上的纸牌
谁来捡
吹来吹去的山风
嗯的一下就抢走了

手指甲

大拇指的指甲
扁平的脸
很严肃的表情
像我们的老师

食指的指甲
长歪了的脸
想哭的样子
如同马戏团的小丑

中指的指甲
圆圆的脸
总是笑着
像以前认识的小姐姐

抹口红用的无名指
是四角形的脸
仿佛总是在思考
如同，一个旅行的小叔叔

小指的指甲
瘦长脸，很漂亮
它是谁呢
似曾相识

纸手枪

纸手枪
砰、砰、砰

昨天还没见过呢
今天流行起来了

大家去砍矮竹子
大家加工纸球子弹

纸手枪
砰、砰、砰

昨天还很热呢
一夜之间，秋天就来了

大家低头削着竹竿儿
偶尔抬头看看天

计算

天空中，云彩两朵
现在路上行人五个

从这里到学校
要走五百六十七步
路边的电线杆一共九桩

我的木箱子里，玻璃球
二百三十个，可是
有七个滚到床底，没找到

夜空里的星星
数到一千三百五十颗
还是数不完

我喜欢计算
不论什么，都想算一算

破帽子

一不留神儿
小皮球滚跑了
被讨饭的小乞丐捡着了

我想要回小皮球
可是，觉得乞丐好可怕
正呆呆地站着呢
小乞丐把球送过来了

两个人，没说话
小乞丐的脸扭向一边
他头上戴了一顶破帽子
麦秸秆做的帽檐儿
快要掉下来了

一转身，小乞丐哈哈笑起来
我也忍不住哈哈笑起来

小乞丐大摇大摆走远了
几只红蜻蜓，追着他的破帽子飞

涂鸦

听着雨声
盯着墙上
一处涂鸦

不知道是谁
什么时候画的
跟我水平差不多的
笨拙的画

中药的香味
在空气里弥漫
暖呼呼的火炉边
一个人坐着

静静地
盯着墙上
一个歪着脸的
小女生

一万倍

比全世界国王们的
宫殿都加起来
还要美丽一万倍
——用星星装饰的夜空

比全世界王妃们的
衣服都加起来
还要美丽一万倍
——映在水里的彩虹

比星星装饰的夜空
和水中倒映的彩虹
一起加起来
还要美丽一万倍
——天空的尽头，神的国度

睡着的火车

睡着的孩子乘上火车
从睡着的车站出发

火车要去的地方是梦之国
绕着玻璃球上
红色的线路不停地走

月亮明晃晃，云彩红灿灿
水晶塔的天边
星星闪闪发光

大家都望向窗外
火车到了刚睡醒的车站

梦之国的土特产
谁都带不回来
通往梦之国的道路
只有睡着的火车知道

孩子、潜水员和月亮

孩子在田野里采花
可是，在回家的路上
他把花儿都丢掉了

回到家里两手空空，什么也没有

潜水员在海底采珊瑚
可是，一浮上水面
就把珊瑚放到了船里
然后又潜下水去

上岸时两手空空，什么也没有

月亮在夜空里捡星星
可是，十五的夜晚过后
又把星星撒到天上

月末的时候，什么也没有

远处的火灾

远处发生了火灾

大家像没事儿一样
继续玩着打仗的游戏

"灭火啦、灭火啦"
有人喊着跑来
一个潜伏的"工兵"
正好把敌人的"地雷"拿掉了

为了分出胜负，大家在路边下棋
专心致志
灭掉大火的消防队过来了
吹着喇叭

大家默默地看着
黑色的灭火车远去的天边
半块月亮出来了
像撑着一把大伞

算卦

晚霞
灿灿
红色的木屐
掷出去[*]

红色的木屐
底儿朝上
再掷一次

为了木屐面朝上
一遍又一遍
掷出去，掷出去

晚霞
灿灿
远远的
木屐
掷出去

---

[*]古代日本有用抛鞋子预测天气的风俗，即鞋面向上，则为晴天；鞋底向上，则为雨天；若鞋侧面向上，则为阴天。——译者注

芒草和太阳

——再长高一点儿
——再长高一点儿
芒草向上伸着脖子

白色的昼颜花
因为害羞，快要枯萎了
芒草想用自己的影子，遮住它

——再等一会儿吧
——再等一会儿吧
太阳慢慢腾腾的不想落下

篮子还空着呢
才装了那么一点儿草
割草的小女孩，真可怜呀

什么都喜欢

我要让自己变得"喜欢"
无论什么都喜欢

无论大葱、西红柿，还是生鱼片
一个不落，全部都喜欢

因为家里的饭菜
是亲爱的妈妈做的

我要让自己变得"喜欢"
无论谁都喜欢

无论医生，还是乌鸦
一个不落，全部都喜欢

因为世界的所有
都是亲爱的神
赐予的

水和影子

天空的影子
满满地倒映在水里

在天空的深渊
也映着树木和
野蔷薇
　　水面是多么诚实
　　能映出所有影子

水的影子
在树的枝叶间闪烁着

明亮的影子呀
清凉的影子呀
摇曳的影子呀
　　水面是多么谦虚
　　自己的影子，小小的
　　倒映在孩子的眼睛里

在水井边

妈妈，在洗衣服
我往水盆里一看
满满的肥皂泡
映着天空一闪一闪
小小的我也映在了上面

肥皂泡怎么那么多呀
我怎么那么小呀
好像被谁施了魔法

不妨随着魔法做游戏吧
吊桶的绳上，正巧落了一只蜜蜂
我也变成蜜蜂，一起玩吧

忽然，我就不见了
妈妈，不要担心
我在这儿，在天上飞呢

天空，多么蓝呀
我用翅膀触摸着
心情真不错呀

飞累了，就靠在石竹花上
一边吸食花里的蜜

一边听花的故事

要不是变成小蜜蜂
也就听不到花的故事
一直到傍晚听花儿讲故事

怎么变成蜜蜂啦
怎么飞到天上啦
心里真高兴

大大的提篮

提篮，提篮
好大的提篮
走向宽广的郊外
去摘一篮子艾草
他们是从城里来的孩子

但是，城市里的孩子不知道
长在田野里的艾草
被乡下的孩子摘下来
拿到城里去卖钱了

到了端午节，春天还是浅浅的
艾草也只长出些芽儿
一摘下来就会枯萎
一摘下来就会枯萎

提篮，提篮
好大的提篮
每一个孩子，都很高兴

花的使者

白菊，黄菊
雪一样白的菊
月亮一样黄的菊

每个人都在看
我和花
（菊花很漂亮
我怀抱着菊花
所以我也很漂亮）

去姑姑家的路长着呢
暖暖的秋天，真好呀
做花的使者，真幸福呀

库房

库房里，一片薄暗
堆放在那里的
都是旧东西

角落里的长凳子
夏天的时候，在上边
点过线香烟花

挂在梁上的一束
熏黑了的樱花
庙会的时候曾经插在房檐下

最里边放着的
啊，那是一辆纺车
很早以前
老祖母用过的

如今，每到半夜那辆纺车还
纺着漏进来的月光吧
藏在房顶上的小坏蛋们
——那些蜘蛛一直想得到它
用偷来的丝，纺成魔咒的网
总爱在白天睡觉的纺车，并没觉察到

库房里，一片薄暗
库房里，令人怀念
曾经失去的日日夜夜
都被挂在蜘蛛的网上

从那以后

坟场的后边
建起一道围墙

从那以后
墓碑们
就看不见大海了

也看不见孩子们
乘着小船在海上玩耍

海边的小路旁
拉起一道围墙

从那以后
孩子们
就看不见坟场了

墓碑和孩子们
一直互相关照着

哥哥挨了训斥

因为哥哥挨了训斥
从刚才开始，我就待在家里
把坎肩儿上的红带子
一会儿解开，一会儿系上

可是，后街的空地上
从刚才开始，小朋友们
一直在做游戏
有时候还听见鸢在鸣叫

我的头发

我的头发为什么亮闪闪
因为奶奶总是抚摩它

我的鼻梁儿为什么塌塌的
因为我用它哼歌儿呀

我的围裙为什么白白的
因为是妈妈给我洗的

我的皮肤为什么是黑色的
因为我总喜欢吃炒豆呀

玻璃和文字

一片玻璃
看起来空荡荡
透明又透亮

可是
很多片玻璃叠起来
却变成海一般蓝色

一个文字
像蚂蚁一样
黑黑的，小小的

可是
很多文字加起来
却能变成有趣的故事

月亮

黎明的月亮
挂在山边
笼子里的白鹦鹉
睁开睡眼一看
哎呀，老朋友呀，打个招呼吧

正午的月亮
映在池塘里
头戴草帽的孩子在岸边
手持鱼竿，盯着它看
真漂亮呀，钓上来吧，能上钩吗

晚上的月亮
挂在树梢
一只红嘴的小鸟
眼珠儿滴溜溜转
熟透了呀，真想啄上一口啊

霰雪

霰雪
霰雪
接在手里
忽然想起
春天夜里的
偶人节

同样的晚上
熟悉的，邻家的人偶们
在昏暗的仓库的一角
躺在各自的纸盒子里
听着外边
吧啦吧啦
断断续续的
雪粒敲打屋檐的声音

霰雪
霰雪
冬天的第一场霰雪

冬夜的星星

在霜夜的
街上
一个忧伤的小姐姐
一边望着夜空，一边说——
寂寞和寒冷
统统走开吧

在霜夜的
天空中
最蓝的一颗星星
回答道——
好啊
我照你说的做

白色的帽子

白色的帽子
暖和的帽子
难忘的帽子

可是，没办法呀
丢了的东西
就是找不回来了呀

然而，帽子呀
我有个请求
你不要落到水沟里
去找一棵高高的树
挂在树枝上吧
让像我一样笨手笨脚的
不会筑巢的小鸟
用你做一个温暖的小巢吧

白色的帽子
毛线织的帽子

店里发生的事

霰雪哗啦哗啦
从窄窄的门缝里窥视
客人带着霰雪
一起走进店里
（晚上好）
（啊，欢迎光临）

报时钟，咔嚓咔嚓
被客人的手上发条
和霰雪的声音混杂着
一起唱歌
（再见了）
（啊，非常感谢）

会唱歌的时钟，咔嚓咔嚓
一刻不停地转着
不知什么时候
外边的霰雪已经停了

年头年尾

哥哥去讨账
妈妈装饰院门
我准备礼品
全城的人都急急火火的
街道映在阳光里
显得亮堂堂的
淡淡水色的天空中
鸢悠闲地画着圆儿

哥哥穿着带家纹的和服
妈妈穿着做客用的和服
我穿着长袖子的新和服
城里的人们都在玩儿
家家户户都装饰着门松
城里下着雪
淡淡墨色的天空中
鸢画出一个大大的圆圈

去年

看到那只船了
没有挂旗子，扬起黑色的帆
在正月的第一天前
从这个港口出发了

那条船被今天的朝日追着
乘坐的是变旧了的去年吧
是的是的
那条船，走了

要去的目的地
在何处
哪里有让去年停靠的港湾
谁在岸上正等待着去年

看到了，看到了
在正月的第一天前
去年，乘着一艘黑帆船
向西，向西，漂走了

玻璃里边的小木屋

能看见外边下着雪
纷纷扬扬，像花一样
透明的推拉门上
嵌着一幅玻璃画

在纷纷扬扬的大雪中
我走向玻璃里边的小木屋
踏着雪花取木柴时
奶奶的背影在眼前一晃
小木屋立刻
消失了

喜蜘蛛

一大早，蜘蛛垂下来了
一大早，就觉得有些喜悦
今天一定会回来吧

妈妈不知道
爸爸还活着，住在遥远的地方
今天要来迎接我

梳好头发
穿上漂亮的衣裳
等着乘上红色的马车

红色马车走过的路上
两边长着白色的芒草吧
还有小小的野菊花吧

经过飘着旗子的小小的村庄
经过响着钟声的寺庙
经过潮湿的、黑暗的森林

在晚霞消失的时候
能看见远远的前方
像城堡一样大大的房子吧

爸爸会迫不及待地
从门口跑出来
我也会急忙从马车上跳下来

我会叫一声"爸爸"吧
不，不，应该是沉默着
因为，过于兴奋了

一大早，就感到说不出来的高兴
一大早，看见蜘蛛垂下来
今天，应该会发生点儿什么吧

我

我在哪里
我之外还有一个我吗

走在街上，我在店铺的窗子里
回到家，我在时钟的框子里

走进厨房，我在水盆里
下雨的日子，我在院子的水洼里

可是为什么，我从天空里
看不见我自己呢

酢浆草

沿着寺庙的石阶
一路爬上去

参拜完后
又沿着石阶走下来
不知为什么
忽然想起来

在石头的缝隙里
长出了酢浆草的
小小的红色叶子
——就像很早以前
认识一样

街

走过去，走过去
从春天的街道上
走过去，走过去
竖着走来走去

马车、人力车
汽车、自行车

走过去，走过去
在干干净净的街道上
走过去，走过去
横着走来走去

讨饭的小乞丐和
炊烟的影子
随便走

贝壳和月亮

浸到染房的大锅里
白色的丝线
变成了蓝色

浸到蓝色的大海里
白色的贝壳
为什么依然是白色

在夕阳的天空中
白色的云
被染成了红色

在藏蓝色的夜空中
染了一夜
月亮依然是白色

绢的帆

国王的船上的帆
被命令越薄越好

淡紫色的绢做的帆
透过它，能看见港口的街道像画一样
虽说是非常美丽的帆，可是
风一刮过来
就破了一个大窟窿

国王又下了命令
不许绢的帆上有窟窿

淡紫色的薄绢上
绣着国王的徽章
虽说是非常美丽的帆，可是
风，使劲儿刮过来
都从帆上透过去了
船漂不动
一寸也漂不动

汽车

汽车开过来
把我的影子
映在车窗上

汽车开过去
我的影子
一下子消失了

汽车已经走远了
走到小城的尽头
春日的黄昏的云下

汽车呀
现在，你的窗上
映着谁的影子呢

乡村的街道和飞机

飞机从天上飞过
村里的人都跑到街道上去看

果子铺里，一个人也没有
理发店的镜子空空的

大家都在外边，张着嘴
仰望春日的天空

像飞过一群小鸟
撒下的传单在天空中飞舞

我家的院子里，纷纷扬扬
传单像樱花一样飘落

飞机飞走了
乡村的街道却还在发愣呢

桃花瓣

短短的，绿油油的
春草上
桃树撒下花瓣儿

枯黄的，寂寞的
竹墙里
桃树撒下花瓣儿

潮湿的，黑土的
田间
桃树撒下花瓣儿

太阳公公
高高兴兴地
呼唤花的精灵
（从春草上、从竹墙里、从田间
摇摇晃晃升起来吧）

梨核儿

梨核儿是要丢掉的
连梨核儿都吃掉的孩子是小气鬼

梨核儿是要丢掉的，但是
把梨核儿随地丢的孩子是小坏蛋

梨核儿是要丢掉的，所以
把梨核儿丢进垃圾箱里的孩子是乖孩子

丢在地上的梨核儿
招来一群蚂蚁
蚂蚁高高兴兴，一边吃一边说——
"小坏蛋，谢谢你呀"

丢进垃圾箱里的梨核儿
被打扫卫生的老爷爷
一言不发地拎走了

画框里

画框里，人来人往
玻璃映着人来人往

穿白色浴衣的阿姨
踩着草莓走过去了

撑着黑伞的卖药郎中
碰着葡萄走过去了

红色的草莓踩不烂
紫色的葡萄撞不掉

画框里是一个美丽的国度
谁也进不去的、美丽的国度

画框里，人来人往
是正午街上的人来人往

看着画框玩耍
就算一个人也不寂寞

橙花

每次
抽抽搭搭哭的时候
总是飘来橙花的香味

想不起是哪一次
闹别扭的时候
谁也不来找我

无聊地看着
从墙壁的小孔里
进进出出的一队蚂蚁

墙壁那边的
一间库房里
传来谁的笑声

不由得，抽抽搭搭哭起来了
那个时候
飘来橙花的香味

木碗和筷子

即使是寒冷的正月
依然开着花
我的画着浮世绘的红木碗

即使是四月的春天
依然不发芽儿
我的绿色的小木筷

如果我是男孩子

如果我是男孩子
我想成为一个海盗
统治全世界的大海

把我的船涂成大海的颜色
挂着天空一样颜色的帆
无论到哪儿，谁都不能发现

辽阔的大海任我行
要是遇到强国的船队
我就威风凛凛地说——
"喂，这些潮水送给你们吧"

要是遇到弱国的船队
我就随和一些，说——
"诸位，把你们国家的故事
一个一个都留下来"

但是，这样的恶作剧
也只是在闲着的时候
最重要的工作是
把所有故事里的财宝
都运回"从前"的国家

如果遇到坏人的船
我会勇敢地作战
把抢劫的宝物一个不剩全部夺回
隐身衣、魔法神灯，还有
能唱歌的树、会飞的毯子……

大海一样颜色的船
天空一样颜色的帆
在蓝天和碧海之间
我的船远航了

如果我是男孩子
我真的想那样去冒险

心

妈妈
是一个大人
但是妈妈的心
小小的

因为，妈妈说过
她的心里只装着一个我

我
是一个小孩儿
但是小小的我
心却很大

因为，我的心里
除了妈妈，还有
很多事情要想

洗澡

和妈妈一起洗澡的时候
我讨厌洗澡
妈妈总是捉住我
像涮锅一样给我洗身体

要是一个人待在澡盆里
我就变得愿意洗澡了
在大大的澡盆里
喜欢做的事真不少
木板的船上，摆出
肥皂盒、香粉小瓶

（就像宴席上的各种美味
摆在黄金的桌子上
我变成印度的国王
身边开满白莲、红荷
泡在美丽的浴池里
享用一桌清凉的佳肴）

把玩具拿进澡盆
妈妈不允许
但是我会采一些花瓣
放在水面当小船
有时，我还会在水里玩魔术

让手指头一下变长了

谁也不知道我的秘密
其实，我很喜欢洗澡

火车的窗口

山上一片红色
那是什么呀
那是野漆树，长满了红叶
感觉有点儿可怕，红里透着黑

村庄里一片红色
那是什么呀
那是熟透的柿子
看起来很好吃，红里透着黄

天空中一片红色
那是什么呀
那是火车的灯光
一片寂寞的，朦胧的红色

受伤的手指头

受伤的手指头
被白色的绷带包着
看上去很讨厌
忍不住哭起来

借来姐姐的丝带
系成一个蝴蝶结
手指头立即变成了
一个可爱的小人偶

在手指甲上
描出一张笑脸
不知不觉
忘了疼痛

我、小鸟和铃铛

我张开双臂
却不能高飞，像天空中的小鸟
天空中高飞的小鸟，也不能像我
在大地上奔跑

我摇晃身子
却不能像铃铛，可以发出脆响
发出脆响的铃铛，也不能像我
快乐地歌唱

铃铛、小鸟，还有我
大家都好，大家各不一样

黄金的小鸟

树叶变成了黄金
我也变成了黄金吧

遥远的国度里
国王的使者
抬着宝玉装饰的轿子
一定会来迎接我

黄金的树叶落了
落下的叶子，依然是金黄色

明天，一定会变的
黑色的我变成金黄色

为了变成黄金
黄金的树叶腐烂了
泛着光泽的黑色

波

波的孩子们
手牵手，笑着
聚在一起

波是橡皮
把沙滩上的文字
全都擦了去

波是士兵
向海边冲过来
勇敢地扑向礁石

波总是毛手毛脚
把美丽的贝壳
遗落在沙滩上

落叶

院子里落了一地枯叶
在谁也不知道的时候
悄悄地去打扫吧

本想一个人去干活
高高兴兴地
拿起扫帚刚想干
外边传来了乐队的演奏

不由自主
放下扫帚跑出去
一直追到大路口

回到院子再看时
落叶全都没有了
难道是风
把院子打扫干净了

海和山

从海那边来的东西
是什么

从海那边来的东西
夏天、风、鱼
装香蕉的筐子

还有，乘着新造的大船
从海那边来的
住吉神社的节日

从山那边来的东西
是什么

从山那边来的东西
冬天、雪、小鸟
驮着木炭的马

还有，乘着
纷纷扬扬的交让木叶
从山那边来的
正月[*]

---

[*]日语汉字"正月"之意为中国的新年。——译者注

女王

如果我当上了女王
我要把全国的点心铺都召集起来
让他们用点心建一座塔
我坐在塔顶的椅子上
一边舔着甜甜的铅笔，一边颁布法令

第一道法令是——
"住在我的王国里的大人
不许让孩子一个人在家"

如果真的能执行
别的孩子就不会像我一样寂寞了

然后，我颁发第二道法令——
"住在我的王国里的孩子
你们的绣球不能超过我的"

如果真的能执行
我就不再闹着要买一个大绣球了

石榴叶和蚂蚁

石榴叶上有一只蚂蚁
在蚂蚁眼里
石榴树像森林一样大
青青的叶子，静静地晒着太阳

但是，为了寻找美丽的花朵
小小的蚂蚁，上路了
抵达花朵的路程相当遥远
叶子们默默地看着

刚走到花的边缘时
石榴花被一阵风吹落了
落在黑黑的潮湿的地上
叶子们默默地看着

一个孩子捡起石榴花
她没想到花苞里竟有一只小蚂蚁
握着花的孩子跑开了
叶子们默默地看着

推车

推车
嘿呦、嘿呦
加把劲儿，好沉啊
上坡
满脸汗，滴滴答答
渗进土里

推车
嘿呦、嘿呦
好啦、好啦，轻快了
下坡
路上的小石子
铺成了格子纹

推车
嘿呦、嘿呦
一直脸朝下
看见
路边，开着
红色的蔷薇花

栀子花簪

背着弟弟的渔家女孩
头发乱糟糟地蓬着
小麻雀飞过来，想
"真不错呀
白捡了一个鸟窝"
红色的栀子花像是燃烧着
好烫、好烫
扑棱一声，小麻雀逃走了

天快黑了，栀子花枯萎了
从头发上掉下来
妈妈赶海回来了
心疼地为女儿梳头发

小麻雀在屋檐下
建了一个鸟窝

西洋景

围着西洋景
张望的
是一些小孩子

一直到去年
每次和妈妈去参拜
从那儿经过时
总是侧过脸看着
走过去
嘴里含着手指头
走过去

今天
我一个人来到这里
手里拿着亮亮的钱币

围着西洋景
张望的
是另外的一些小孩子

周六和周日

周六是叶子
周日是花儿呀

挂历上的叶子
摘下来
周六的晚上
多快乐呀

没有了叶子
花儿很快就要枯萎了

挂历上的花儿
摘下来
周日的晚上
多寂寞呀

狗和目白鸟

大狗的叫声
最让我讨厌

小小目白鸟的叫声
最让我喜欢

我的哭声
和谁相似呢

人偶和孩子

（人偶）
一、二、三
小女孩，现在眨眼睛呢
趁她不注意伸个懒腰吧

（孩子）
哎呀、哎呀
不懂规矩的小人偶呀
才把你摆放好啊

你在城里看到了什么

从山里来的孩子哟
你在城里看到了什么

黄昏的十字路口
来来往往的人群中
像林中小屋透出的灯光
一朵茱萸花悄然凋零了

从海滨来的孩子哟
你在城里看到了什么

电车路的水洼里
映出一片美丽的天空
像白天里寂寞的星星
水面上浮出鱼鳞状的云朵

大将军

我当上大将军的时候
胡同里爱欺负人的家伙
要是对我失礼的话
我骑着马仰起头
从他身边
疾驰而过

我当上大将军的时候
田野里的稻草人
要是不尊重我的话
我也会彬彬有礼
不露声色

我当上大将军的时候
爸爸来找我
要是再敢训斥我的话
我就让他骑上我的马

不可思议

我感到不可思议
从黑色的云里落下来的雨丝
是银光闪闪的

我感到不可思议
吃着油绿油绿桑叶的蚕宝宝
是透明的

我感到不可思议的
谁也没碰它一下
叭的一声，牵牛花自己绽开了

我感到不可思议
谁听了我的疑问都发笑
说那是理所当然的

抽陀螺

曾经流行过拍洋画
曾经流行过打弹弓
这些都被学校禁止了

最近流行抽陀螺
也被学校禁止了

大家把陀螺藏起来了
偷着玩
有时候，我也想玩抽陀螺

但是，请想一想
石头和草木
连走路都被禁止了

马车

那匹马
想踩踩自己投在地面上
奇怪的耳朵的影子
低着头急急往前走

赶马车的人
坐在空空的马车上
衔着一支长烟管
悠闲地看着天空

天空中
云在闪耀
昨天的一场火灾
就像不曾发生过

春天也不打个招呼
就来到了城市

踏步

蕨菜一样的云彩飘过
天空中春天走来了

一个人望着天空
一个人踏起步来

一个人踏步走起来
不由得一个人笑起来

一个人笑起来
别人也跟着笑起来

橘树上结出花骨朵
小路上春天走来了

开店游戏

杏树的荫凉里
开了三间店铺
生意各不一样，不过
摆出来的商品
都是一些
叫不上名字的草叶
因为没有名字
说成什么都行

点心铺里
摆的是龟甲煎饼
鞋店里
摆的是各种木屐
鱼店里
加吉鱼、比目鱼

哎呀呀，开店啦
请大家都来光顾吧
带足小石子儿的钱币
尽管购物吧

三间店铺连在一起
商业街上
杏花朵朵
翩翩飘落

渔夫的孩子的歌

我要出海吧
等到我长大的时候
在一个风平浪静的日子
海边的小石子们送别我
我孤独又勇敢

我将要登上一座小岛吧
被暴风吹了
七天七夜之后的
黎明
正如我一直设想的那样
啊，前方，出现一座岛

我会写信吧
一个人在搭起的小屋里
一边吃着采来的小红果
一边快乐地写着——
"给远方的日本朋友们"
（是的，我会让鸽子
把信件捎过去）

然后，我就耐心地等待
那些总是瞧不起人的
城里的孩子们

会来找我玩耍
乘着红色的小船

是的，我会等待
像现在这样躺一会儿
望着蓝天和大海

花津浦

站在海边，眺望花津浦
耳边响起
"从前，从前"的物语

每次遥望花津浦
都感到
特别孤寂

"从前，从前呀"
曾经被我问起
花津浦的地名由来的
邮递员叔叔
他在哪儿，在做着什么

一艘船儿
从花津浦前驶过
消失在
遥远的海面

现在，夕阳依然映红海水
现在，依然有船驶向海面

"从前，从前"呀
走进花津浦
一切都回到了从前

弁天岛

"它太可爱了
它太迷人了
挂上绳索，把它拉走吧"

从北方来的海员
某一天，笑着这么说

不可能、不可能，尽管这么想着
可是那一晚，我担心极了

第二天早上，心里扑通扑通地跳
急忙跑着去海边

弁天岛依然卧在波上
染上了太阳的金色
还是那么绿

王子山

因为要变成一座公园
种在那里的樱花树都砍掉了

但是，劫后余生的树墩上
全都发了芽儿，芽儿长又细

透过灌木丛，看见银闪闪的海
我们的小镇，就在其中
像浮出水面的龙宫

银色的瓦和石头砌的围墙
像梦一样，朦朦胧胧

从王子山上看到的小镇
我很喜欢

王子山没有晒沙丁鱼的气味
只有嫩芽儿散发的清香

小松原

小松原上
松树越来越少了

伐木的老爷爷
正在锯一棵大松树

远处，海里的
白帆船
时隐时现

波涛上，海鸥在飞
天空中，云雀在叫

天上、海上，都是春天
松树和木匠却显得寂寞

到处都在建新房子
小松原上
松树越来越少了

极乐寺

极乐寺的樱花是八重樱
八重樱
外出时，我见到了它

在小巷的路口拐弯时
拐弯时
斜眼一瞥就看见了

极乐寺的樱花是八重樱
八重樱
落在土里依然是花

带好了寿司的便当
带着便当
我去赏樱花

波的桥立

波的桥立是个好地方
右边是湖，水鸟在潜泳
左边是海，白帆漂过
里边的松原，叫小松原
风儿一阵儿一阵儿吹着
海里的海鸥
和湖里的鸭子
一起玩
天黑了
蓝月亮升起来
湖的精灵
去海边捡贝壳

波的桥立是个好地方
右边是湖，轻轻的波
左边是海，汹涌的波
里边的石原，叫小石原
踩上去
嘎吱嘎吱

大泊港

从朝山庙会回来的路上
和卖货的婶婶分手以后
从山岭上走下来的时候
正好透过杉树的树梢
隐隐看见金光闪闪的大海

海上泊着船，立着桅杆
岸边散落着一片稻草的房顶
一切都像浮在天空
一切都像是在做梦

走下山岭就是荞麦地
荞麦地的尽头
果然是大泊
一个古老而寂寞的港口

祇园社

银杏叶子
簌簌落下
神社里的秋天
寂寞呀

祈愿的歌谣呀
瓦斯灯呀
系着丝带的
肉桂呀

此时
废弃的冰屋里
秋风
飒飒地在吹

雪

在无人知晓的原野尽头
一只绿色的小鸟，死了
寒冷的、寒冷的黄昏

为了掩埋小鸟的尸体
天空撒下洁白的雪
密密的、密密的，悄然无声

人们不知道，村庄里
每家的房屋都静穆着
白白的、白白的，像是穿着孝

一夜过去，天亮了
天空变得格外晴朗
蓝蓝的、蓝蓝的，美丽的天空

小小的圣洁的魂，飞起来了
通往天国的门
宽宽的、宽宽的，敞开着

栗子、柿子和绘本

从伯父那里寄来了栗子
是丹波山里的栗子

栗子里夹着一片
丹波山里的松树叶

从姨妈那里寄来了柿子
是丰后的乡间的柿子

柿子皮上爬着一只
丰收后田间的小蚂蚁

从城里的家中寄来了一册
美丽的绘本
打开邮包
除了绘本
还会有什么呢

向日葵

太阳公公的车轮
是美丽的黄金的车轮

在蓝蓝的天空行走时
发出黄金的声响

在白色的云上行走时
看见了黑色的小星星

天也好，地也好，谁都不知道
为了不轧着黑色的小星星
车轮急忙拐了一个弯

太阳公公从车里摔出来
脸色红红的十分生气
黄金的美丽的车轮
被丢到遥远的下界
很早很早以前就被丢下来了

现在，黄金的车轮
每天都在遥望着太阳

十三夜 *

今天早上
下了一阵过路雨
雨里还夹着一些小冰粒

昨天，突然
开始刮来寒流
妈妈给房间装上了障子
一片云彩也看不见
此刻是
冷飕飕的十三夜

草丛里
鸣叫的小虫子
突然也无声息

＊十三夜，阴历九月十三日的夜。——译者注

祖母生病了

祖母生病了
院子里的草也长出来了

早上，花儿开的时候
剪了一朵插在佛龛上
月季的叶子全是小孔
牡丹也枯萎了

从邻居家走来一只鸡
歪着脖子，四处张望

白天，静悄悄
秋风在吹
家里像没人住的空房子

捕鲸

大海发出轰响的夜
冬天的夜
一边烤着栗子
一边听故事

很久以前，在紫津浦这一带
渔夫们去海里捕鲸鱼

季节也是冬天
大海也是怒涛汹涌
狂风卷着雪花
渔夫挥舞着鱼叉和绳索

鲸鱼的血
把岩石和沙子染成紫红色
甚至连海水也被染成紫红色

穿着厚厚的棉袍
立在船头观察
等鲸鱼不再挣扎
脱掉衣服
跃入波涛翻滚的海水中
——那是很久很久以前的渔夫们

听着故事
感到一阵阵心跳
现在，鲸鱼不来了
渔村变得贫穷了

大海发出轰鸣的夜
冬天的夜
听完捕鲸的故事
才想到
夜已经很深了

问雪

落在海里的雪，变成海水
落在路上的雪，变成泥泞
落在山上的雪，还是雪

在天空飞舞的雪
你喜欢去哪儿

大大的浴池

很大、很大的
大浴室
浴盆是白色的沙滩
屋顶是蓝蓝的天空
大家都去洗澡吧
不要钱

这儿是我和我的西瓜皮
那儿是弟弟和他的小玩具

遥远的看不见的浴池边
黄皮肤的中国孩子们，游泳吧
黑皮肤的印度孩子们，游戏吧

连着全世界的
大大的
了不起的大浴池

街角的干菜店

——真实记录我家老宅曾经的样子

街角的干菜店前
盐袋子上
阳光正一点一点
向西，慢慢挪移

旁边一间空房子前
瘪瘪的草袋子
几只流浪狗
滚来滚去，在玩耍

第三家的烧酒店前
木炭袋子旁边
从山里来送货的马
正庄严地吃着料草

第四家的书店前
广告牌的荫凉里
我好奇地
张望着

歌

感冒好了
走出家门
大家还穿着单衣

有人在唱歌
竖起耳朵听——
　"嘿咦——嘿咦——"
却没听懂唱的什么

把手插进袖管
听着歌声
抬头看山
漫山都是红叶

星期天的早上

青色的西装
和爸爸
到圆顶的教堂去了

白色的围裙
和妈妈在十字路
卖报纸呢

夏天到了
天空蓝蓝的

教堂圆顶上
昨天赶来的燕子
聚在那里四下张望

星期天的午后

手里拿着的是
青白相间的
十二竹 *

拿着竹子玩耍的美铃姑娘
被喊走干活去了

从早上开始就意识到
属于星期天的游戏
已经没空复习了

晴朗的天空里能看到
澡堂的烟囱
白昼的月亮

---

* 十二竹，是一种用竹子做的儿童玩具，今已不多见，知者寥寥。
　　——译者注

在山岗上

头上是蓝蓝的天
脚下是绿绿的草

传说里经常出现的女王
身姿多美丽啊

可是金皇冠
比起蓝天就显得太小

而金鞋子
也远不如青草贴脚

头上是蓝蓝的天
脚下是绿绿的草

站在山岗上的我
是更美丽的女王

摇篮曲

睡吧，睡吧
天黑了
摘来的红色紫云英
也睡着了
细细的绿脖子
垂了下来

睡吧，睡吧
天黑了
山坡上的白房子
也睡着了
蓝色的玻璃窗
闭上了眼睛

睡吧，睡吧
天黑了
睁着眼睛还没睡的
是街道两旁的路灯
和森林里的猫头鹰

广告塔

沙扬娜拉
沙扬娜拉——

红色的火车尾灯
消失在远远的黑暗中

依依不舍
转过身

春天的夜空下
一片华丽的街景

广告塔上的红灯
转眼要变绿了

十二竹

受了委屈
发起了脾气
无端拿起十二竹
扔了出去
碧绿的十二竹
闪着微光
外边的天气很晴朗

十二竹
可怜兮兮倒在地上
看着心爱的玩具
眼泪汪汪——

小小的墓石

小小的墓石
圆圆的墓石
亲爱的爷爷的墓石

把百日红花
当成簪子插
——是去年的事吧

今天过来一看
新的墓石
又多出一些

数不清的墓石
从哪儿来的
——从石匠铺来的

今年的花
依然是百日红
插在爷爷的墓石前

鲸法会

鲸法会通常在春末
大海捕到飞鱼的时候

海滨寺庙里的钟声
颤巍巍地从水面上掠过的时候

村里的渔夫们穿着节日的和服
急匆匆向寺庙走去的时候

海面上一头鲸鱼的孩子
静静地听着钟声

它在想念死去的父母吧
想着、想着，哭起来了

浮在水面的钟声
渐渐消失在大海的那方

朔日

朔日，朔日
早晨的天空很美丽
从今天起，我要穿单衣

朔日，朔日
巡警叔叔，换上白色制服
手臂上挂着的黑纱很醒目

朔日，朔日
晚上，和尚会来念经吧
大家可以分到祭祀的果物

朔日，朔日
天气晴朗又暖和
从今天起，城里要过夏天啦

红白球赛

白组胜啦
白组胜啦
大家拥在一起，举起双臂
高呼"万岁"
看着红组
高呼"万岁"

沉默的
红组呀
秋天的正午
耀眼的阳光
沾着泥土的红皮球
羞答答地滚在地上

再比一次
老师吹响了哨子
"万岁"的呼声
变小了

傍晚

灰暗的山上，红色的窗
窗子里有什么
空空的摇篮和
含着眼泪的妈妈

明朗的夜空中，金色的月亮
月亮的里边有什么
一只黄金的摇篮和
正在睡觉的婴儿

感冒

风儿吹过来
橙花的香气
昨天，橙树林里
我在那儿荡秋千

今天，我感冒了
躺在床上，乖乖的
刚刚进来的
是留着小胡子的医生
一定会给我吃
很苦的药丸吧

雪白、雪白的
带着香味的橙花呀

蚊子的歌

嗡——嗡——
发现一处树荫下，一台婴儿车
正在睡觉的小宝宝，好可爱
让我亲一口吧，在他的小脸蛋上

哇——哇——
哎呀哎呀，小宝宝哭啦
看孩子的小姐姐去哪儿啦，去摘花了吗
飞过去，告诉她吧，贴到她耳边

噼——啪——
哎呀，危险，真可怕呀
不由分说，一只巴掌拍过来了
还好，小命保住了，一场虚惊

嗡——嗡——
草丛里的家，又湿又暗
还是回家吧
回家喽，回家喽，到妈妈身边睡觉喽

跳舞的人偶

跳舞的人偶
站在木箱上
不停地转着圈儿

转过脸来
夜店的瓦斯灯下
看表演的孩子七八个

转过身去
看见一片大海
船上的灯，一闪一闪的

跳舞的人偶
是坐船来的
看见大海就想家了吧

眼睛含着泪水
小小人偶依然跳着舞

夜深了
夜店的瓦斯灯下
还有两个穿和服的少女

不认识的小婶婶

透过杉木栅栏
一个人往外看
一位不认识的小婶婶
从栅栏边走过

小婶婶——我喊了一声
像是认识一样，她笑了
我也笑了
互相看着，两个人都笑了

不认识的小婶婶
真是一个好人呀

盛开的石榴花
遮住了她的背影

谜语

一个谜语——
有很多很多，却抓不到的是什么
　　是蓝蓝的大海里，蓝蓝的海水
　　一掬在手里，蓝色就没有了

一个谜语——
什么也没有，却能抓到的是什么
　　是夏天的白日里的微风
　　用扇子一挥，就抓到了

是回音吗

我说："做游戏吧"
回答："做游戏吧"

我说："小坏蛋"
回答："小坏蛋"

我说："不和你玩啦"
回答："不和你玩啦"

于是
感到了寂寞

我说："对不起"
回答："对不起"

难道这是回音
显然，不是

数字

二加三等于五
五加七等于十二

刚上一年级的孩子
走到海边捡石子
用它复习算术题

成百，成千，成万
加减乘除
算来算去
就得像圣诞老人那样
背起一口袋小石子

可是，细细的一支铅笔
写起数字来，多么轻松啊

聪明的樱桃

某一天
聪明的樱桃躲在叶子下思考
别着急，我还青着呢
不懂规矩的小鸟，我是为了你好
你会吃坏肚子的
于是，就在那里躲起来
鸟儿没看见，太阳也没看见
因为看不见，忘了给它染色

到了成熟的季节
聪明的樱桃还在叶子下思考
对不起，养育我的是树
养育树的是那个年迈的果农
我可不能让鸟儿叼走
果农提着篮子采樱桃
躲在叶子下的聪明的樱桃
没有被发现

不久，来了两个孩子
聪明的樱桃还在叶子下思考
瞧瞧孩子有两个
可我只是一颗小樱桃
不能让他们因为我而争吵
我躲起来是好心肠

半夜里，一阵风
把熟透的樱桃吹落
一双走夜路的鞋子正巧经过
踩死了聪明的樱桃

山和天空

如果山是玻璃做的
我也能看见东京吧
——像坐着火车去东京的
哥哥那样

如果天空是玻璃做的
我也能看见神仙吧
——像变成了天使的
妹妹那样

睡衣

时钟
走到了八点
妈妈
给我换上睡衣
洁白的、洁白的睡衣
穿在身上
只做白色的梦

要是穿着带花朵的便装
会做一个变成花朵的梦吧

要是穿着带蝴蝶的礼服
会做一个变成蝴蝶的梦吧

但是，我沉默着
让妈妈
给我穿上
洁白的睡衣

没有玩具的孩子

没有玩具的孩子
多寂寞呀
把玩具送给他就不寂寞了

没有妈妈的孩子
多悲伤呀
把妈妈送给他，就不悲伤了

妈妈正温柔地
抚摸我的头发
我的玩具
装满了箱

可是，什么才能治好
我的寂寞和悲伤呢

波的摇篮曲

睡吧，睡吧，波涛在岸边
哗啦，哗啦，玩着

海底，贝的孩子
在海藻的摇篮里睡着了

睡吧，睡吧，贪玩的波涛
十五的月亮，已高高升起

岸上，蟹的孩子
在沙子的小穴里睡着了

哗啦，哗啦，波涛还在玩着
一直到启明星出现在天边

学校

——赠友人

寒冰融化之后
池塘的水底
有一座学校吧

芦苇的叶荫里
映出红的瓦
白的墙
在轻轻地摇曳吧

芦苇枯了
学校的影子不见踪迹

寒冰融化之后
池塘的水底
从前的影子还有吧

芦苇又绿了
在池塘里
敲钟的日子，还会来吧

早春

滚过来的
是皮球
孩子在后边追

浮起来的
是风筝
追着海上的汽笛声

飞过来的
是早春
今天，天空很晴朗

心也动起来了
远远的天边，一弯月亮

明天

在街上，遇到
一个孩子，牵着妈妈的手
隐隐约约听见他们说
"明天"

街的尽头，天边
升起一片晚霞
人们知道春天快来了

不知为什么
听到"明天"
心里总是很高兴

朝颜 *

蓝色的牵牛花向着东边开
白色的牵牛花向着西边开
一只蜜蜂
在两朵花之间玩耍

一个太阳
照着两朵花

蓝色的牵牛花向着东边枯萎了
白色的牵牛花向着西边枯萎了

这个故事讲完了
沙扬娜拉

---

* 朝颜，即牵牛花。——译者注

冻疮

后院的山茶花开了
小阳春里，手上的冻疮
有点儿痒

折下一朵山茶花，插在头上
这时，我看见了手上的冻疮
突然，把自己想成了
故事里被抱养的孩子

透明的浅黄色天空
突然变得有些寂寞

鹤

神社的池塘里
一只美丽的丹顶鹤呀

从你的眼睛看到的
全世界的东西
都罩着一张网吧
无论晴朗的天空
还是小小的我的面孔

神社的池塘里
美丽的丹顶鹤
被罩在一张网里
它轻轻地，展开翅膀的时候
山的背面
一辆火车开过

红鞋子

昨天，今天，天空都是蓝的
昨天，今天，道路都是白的

沟边开着花
小小的越年草花

一个女孩儿穿着和服
一蹦一跳地走路

好像很得意
咯咯地笑着
脚上穿着刚买来的红鞋

喂，女孩儿
春天来啦

暗夜

远处漆黑的空地上
好像有谁在唱歌

山坡上，一排房屋里
有一扇窗子忽然熄灯了

遥远的都市的天空
一片模模糊糊的碎金子

一个人，坐在阳台上
一边吃着蜜柑一边眺望

野蔷薇花

白色的花瓣儿
夹在带刺儿的枝叶里
"喂，很疼吧"
微风
跑过来，热情地帮它
簌簌的
花瓣儿落了

白色的花瓣儿
落在地上
"喂，很凉吧"
太阳
升起来，暖暖地照着
身子一暖和
花瓣变成了茶色
枯萎了

节日的夜晚

嘴里长了虫牙
牙好痛
淅淅沥沥下着小雨的
节日的夜晚

纸罩灯，不知何时
被吹灭了
纸罩子上的宫女和侍卫
已经睡着了吧

睡在榻榻米上
只能看见一个小人偶
露出一双光溜溜的
小脚丫

嘴里长了虫牙
牙好痛
夜深了，多么寂寞的
节日的夜晚

捡刨花

朝鲜族的孩子在捡什么
紫云英还是艾蒿
不是不是，草还枯着，花也没开

朝鲜族的孩子，在唱什么
高丽人的歌吗
不是，不是，是日本的童谣

朝鲜族的孩子，看起来很快乐
她在捡刨花
在木材厂后边的空地里

捡来的刨花扎成捆
顶在头上回家了
小小的家里，有妈妈
点火做饭
等着爸爸

瘦巴巴的树

森林角落里的一棵树说——
漂亮的知更鸟
到我的树枝上来玩耍吧

高傲的知更鸟
站在远处的树枝上
"既没有好吃的果子
又没有好看的花
瘦巴巴的小树
没有资格来邀请我
我是森林中的女王"

（不知是谁，听到了这句话
飞到天上，去报告了）

到了晚上
高傲的知更鸟
惊讶地发现
瘦巴巴的小树的树梢上
一颗黄金的果实在发光

（圆圆的，十五的月亮）

捉迷藏

大家来玩捉迷藏
太郎、次郎都藏了起来
后院里，孤单单的
只有找人的小孩子
（向日葵转了
大约五分钟）
太郎、次郎在干什么

一个爬到柿子树上
摘了几颗青柿子
一个站在锅台边
闻着锅里的饭菜香

那么，找人的孩子在干什么

喇叭的声音吸引了他
跟着马戏团的队伍跑走了

后院里，只有一棵梧桐树
静静地站着，树影被夕阳拉得很长

黎明的花

神社里的大鼓敲响了
花儿们还没睁开眼睛

乳白色的晨露中
马车的车轮声
由远及近
又渐渐消失了
花儿似醒非醒，听着车轮声
车轮声飘进梦里
花儿的心
乘着马车，去了远方

叫不出名字的花儿
挂着黎明的露珠
在道路的两侧
睡得迷迷糊糊

酸草

酸草，酸草
找到你啦
在豆子地的田间小路上

远方的故乡呀，以前
早就忘记的那种味道

这里是大城市的背面
翻过一座山就看见一片梯田
呜——呜，是汽船在鸣笛
轰——轰，不知是什么声响

酸草，酸草
咬着你
仰望天空的时候
叫不出名字的候鸟
正排着队，飞向远处
越来越小

青蛙

不讨人喜欢的孩子
不讨人喜欢的孩子
不论什么时候，谁都讨厌我

不下雨的时候，草儿说——
"为什么不叫呀，偷懒的青蛙"
唉，下不下雨我怎么知道

下雨的时候，孩子们说——
"就是因为青蛙叫，才下雨了"
拿起小石子打得我四处跑

真可怜呀，真委屈
一赌气——
"下雨、下雨"
使劲儿叫

雨，却停了
彩虹也出来了
——真是胡闹

冬天的雨

"妈妈，妈妈，看
雨里夹着雪呢"
"啊，是呀，雨夹雪"
妈妈一边做着针线活儿一边回答我
——冬雨的街上
撑起来很多相似的伞

"妈妈，妈妈，再过七天
就要过新年了吧"
"啊，是呀，又要过新年啦"
妈妈缝着过新年的衣服回答我
——泥泞的街道，变成河就好啦
变成大海就更好啦

"妈妈，妈妈，街上能过船啦
吱扭，吱扭，摇着橹"
"好啦，好啦，你又胡思乱想了"
妈妈低着头做着针线活儿，并不看我
——我感到有些寂寞
左边的脸颊贴着冷冷的窗玻璃

纸星星

想起来
病房里
那有点儿脏的白墙

长长的夏日，一整天
都在望着白墙

小小的蛛网，雨的漏痕
还有七颗纸星星

每一颗小星星上写着一个字
"祝您圣诞节快乐"
去年，那个时候，同一张病床上
躺着一个什么样的孩子
在寂寞的雪夜
静静地剪着纸星星

难忘的
病房里的
那被熏黑的七颗纸星星

蝈蝈儿爬山

蝈蝈儿，爬山
一大早就急急忙忙爬山
"嗨哟，嗨哟"

山上升起朝阳
田野里挂着薄霜
蝈蝈儿一蹦一跳，显得很健康
"嗨哟，嗨哟"

那座山，山顶上能摸到秋日的天空吧
伸出胡须碰一下，应该凉凉的
"嗨哟，嗨哟"

蝈蝈儿爬山，一蹦一跳
一直爬到
昨夜看见的星星那里
"嗨哟，嗨哟"

太阳升高了，阳光普照
那座山，还远着呢
"嗨哟，嗨哟"

昨夜遇到的是女郎花呀
我在它的花朵里还睡了一宿呢，真意外呀

"嗨哟，嗨哟"有点累啦

山上升起了月亮
田野里挂着夜露
喝一口露水，睡一觉吧
啊——啊——，打哈欠，蝈蝈儿困了

卷末手记

写完了
写完了
可爱的诗集写完了

尽管如此
心里并不感到激动
——莫名的寂寞

夏天已经过去
秋意正浓
写诗，并不是什么高明的才艺
心里唯有一片空虚

送给谁看呢
连我自己也觉得不甚满意
——莫名的寂寞

（啊，只是爬到半山腰，就折回去，
远处的山顶隐在浮云里）

总之
明明知道空虚
偏要在夜深人静的时候
一直坚持着写下去

从明天开始

还要写什么呢

——那莫名的寂寞呀

译后记

终于把全集译完了。

时间是公元 2012 年 3 月 10 日，深夜。

草稿存进电脑，我离开写字台，到客厅里去看了一会儿电视。

好几个频道都在播放"3·11 东日本大地震一周年特辑"，去年的这一天，一场史无前例的自然灾害，给这个小小的岛国带来重创。据日本警视厅的统计，地震和海啸过后，有 15670 人死亡，4282 人失踪，死亡与失踪的数字加起来超过两万人。全世界都目睹了那一幕幕令人惊悚的场面，它让人类不得不在大自然面前垂下傲慢的头颅，立地反省，痛定思痛。——没有哪个国家比日本更懂自然、更爱自然、更尊重自然、更归顺自然。

蓦地，一个令我感动的"插播"出现了：避难用的简易住房里，一群中学生模样的少年，站在一群老人面前，用带着青森口音的质朴的声调朗诵诗歌：

从岛上来的小船，你累了吧

港湾里的波浪是温柔的

舒舒服服，你睡一觉吧

……

　　多么熟悉啊，那不是金子美铃的童谣中的一首吗？听着，不禁心里涌起一股热流。早前就看到过相关报道，说"金子美铃的童谣温暖了灾区难民的心"。

　　金子美铃，公元 1903 年 4 月 11 日出生于日本本州岛西端的长门市，她的故乡是一个叫仙崎的十分美丽的小渔村，她在那里读完了小学和中学，后来随母亲去了百里之外的海峡城市下关，在继父经营的一家小小的书店做职员，得天独厚的，她能够阅读到当时最流行的各种文学图书和杂志，——阅读，成了金子那时最大的生活乐趣。

　　金子美铃原名金子瑛，美铃是她的笔名。1923 年 5 月，她在过完二十岁生日之后，去下关市一家叫作黑川写真馆的地方，照了一张穿和服的"成人"照片，并且使用金子美铃的名字开始投稿。这一年九月，《童话》《妇人俱乐部》《妇人画报》《金星》四家杂志同时刊出了她的童谣作品，引起文坛的瞩目。著名诗人兼评论家西条八十先生在论及金子美铃时，赞美有加，他甚至称金子为"日本年轻的童谣诗人中的巨星"。大正时代至昭和初年恰是日本童谣创作的"黄金岁月"，出现在各种杂志里的金子美铃的名字和作品，毫不逊色地和北原白秋、岛崎藤村、小川未明、野口雨情、与谢野晶子等当时日本文坛第一流的诗人排在一起。但是，天才的童谣诗人却谜一般地消失了。——1930年3月10日晚，金子美铃在她居住的下关市"上山文英堂"书店的二楼，平静地吞下过量安眠药，自杀了。

五十余年的时光流逝，金子美铃被埋在岁月的深处。寻找金子美铃的过程是艰辛而又富有传奇色彩的，作家矢崎节夫和东京JULA出版局功不可没。经过他们的不懈努力，1984年2月，金子美铃全集得以顺利出版。此后，有关金子美铃的各种选集、绘本、传记、CD、舞台剧、影视剧，遍地开花。1996年，日本四家专门出版小学生国语教材的出版社都选用了金子的童谣作品，是"金子"就会发光。如今，这个沉寂了大半个世纪的女孩，成了日本家喻户晓的诗人，并且还被译介到海外，受到更多读者的喜爱。

中国也有许多金子的"粉丝"，尤其是在最为便利的网络上，她的作品广为流传。去年秋天回国，途径济南时，通过友人洪文先生的引荐，我拜会了做出版的吴宏凯女士，在交流中我们谈起了日本的金子，出版中文译本的《金子美铃全集》的"思案"，就是从那时候开始的吧。

从元旦之后的1月4号开始，我按照计划动笔翻译，这是我今年要做的第一件事，心里还颇有些小激动。前一天我特意去了仙崎小镇，到遍照寺金子美铃的墓前待了一会儿。一掬泉水、两朵白菊、三礼、沉默。冬日的午后，海风有一搭没一搭地从仙崎湾那边吹过来，空气里弥漫着淡淡的海腥味，青海岛上空的云低垂着，鸢在半空中盘旋，像被施了魔法似的，不停地画着奇怪的圆圈。

在翻译金子作品的那段日子，我时常不由得试着用金子那样的目光去"凝视"身边的日常。平素，那些个被我们忽略和无视的物事，出现在金子的笔下，多么富有"人情味"、富有"生气"。在她的艺术美学里笃信"万物有灵"，她用似乎与生俱来的宗教徒般的虔诚和爱心，拥抱自然，投入自然，赞美自然，她的作品中一再出现：原野、天空、海、山峦、岛屿、云、雨、雪、虹、月亮、星星、晚霞、晨光、花草、树木……她关心折断腿的蟋蟀、同情失去孩子的雀妈妈，她替迷路的蚂蚁担心、为失去衣裳的蝉焦急……一个早就脱掉稚气的成年人，他阅读金子美铃的意义，也许就是唤回失掉的天真和童趣，尝试着回到那种纯净而唯美的境地，在那里体验互爱和不争。

托金子美铃的福，从她的作品里，我这个怀揣着"城府"疲于奔命的中年人结识了芒草、蒲公英、夕颜、茱萸、曼珠沙华……并且读懂了它们在风中的表情；我还幸会了蚯蚓、蟋蟀、蜗牛、蝴蝶、鸢、知更鸟、云雀……很想从此好好和它们做邻居。

在这个充满喧嚣、浮躁和患得患失的"当下"，被"后现代"这只看不见的疯狗追得到处跑的我们，多么需要有一处灵魂的栖息地，请在抽一支烟或者喝一杯咖啡的空闲里，和谁谈一谈金子美铃吧，让我们的心胸哪怕有片刻工夫，变得柔软一些、纤细一些、率真一些、敞亮一些；我当然更希望，再也回不到往昔的您，能牵着孩子的小手，和他一起，走进金子美铃留给我们的那个清澈而明亮的世界。

全集的翻译得以如期完成，要感谢我的朋友浦冈孝子和坪田雅子，感谢我的同事八代寿介、宝川明子和下桥由美，他们在百忙之中为我的翻译工作提供了诸多方面的帮助，替我解决了日语中出现的方言、典故、节奏感等问题以及早就被电子科技产品取而代之的各种儿童游戏和玩具的名称。最后向决议促成此书的，长门市金子美铃纪念馆、东京 JULA 出版局和中国戏剧出版社的诸位致敬。

顺便提一句，恰好八十二年前的此夜，二十七岁的诗人金子美铃，宛如一缕清风，悄然离开了这座城市⋯⋯

译者记于日本山口县下关

2012 年 3 月 10 日

从第一次出版《金子美铃全集》，时隔四年，我一直期待着一位更加权威且深入研究金子美铃的同行能将她的所有作品重新翻译一遍，能够给喜爱金子作品的中文读者提供一份更加完美的译本。今年四月，王渡山人小北兄来日本访学，并提到将在国内重新出版《金子美铃全集》。听后，我心中不免一紧，亦喜亦忧。如今，我已弃文从商，自觉内心已失去了翻译诗歌的清真，甚是忐忑。然而，可喜的是——这次，东京 JULA 出版局应诺将继续为新版《金子美铃全集》提供后援，著名诗人矢崎节夫先生亦亲自作序。在托付全集文字之前，我又慎重地对部分诗作的翻译进行了调整，存疑之处已向金子美铃纪念馆的草场副馆长逐一请教过。在此，本人谨向以上诸位及出版方再次表示郑重感谢。

此外，再版全集校对完毕之后，从山东专程而来的济南名士姜辉先先生和我又去了一趟仙崎小镇，到遍照寺给金子美铃扫墓，并替我们共同的朋友、钟爱金子作品的赵洪文先生了却其生前一个心愿：若是去了日本，一定要给这个命运多舛的金子姑娘上一炷香。

译者

2016 年 12 月 1 日于下关